2

五月雨きょうすけ
ill. 猫屋敷ぷしお

クセつよ異種族で行列ができる結婚相談所

～ダークエルフ先輩の寿退社とスキャンダル～

アーニャ
〈猫人族(レオーネ)〉

ダークエルフ先輩から
クセつよ相談者を引き継ぎ
エメラダ
〈夜の長耳族(ダークエルフ)〉

Contents

interspecies dating service

プロローグ
006

1
目指せ! ミイス・フォト・グランプリ!
011

2
エメラダの引継ぎ　二人のリリス編
026

3
エメラダの引継ぎ　男をダメにする女編
087

4
この夜を忘れない
141

5
実録! マリーハウス二十四時!
165

6
ドナの決断、ショウの秘策
215

7
祭りの後のように
262

エピローグ
313

Interspecies Dating Service

クセつよ異種族で行列ができる結婚相談所

~ダークエルフ先輩の寿退社とスキャンダル~

五月雨きょうすけ

画 猫屋敷ぷしお

2

プロローグ

prologue

その日、世界が揺れた。比喩ではなく物理的に、だ。

幾つもの星が天空から落ちてきた。それらは空中でぶつかり合い砕け散ると、灼熱を帯びた星屑となって降り注ぎ、大地を焼いた。

燃えさかる炎の中、残っている生き物はたった二人。

『星落としの魔王』と呼ばれ、世界の半分を制圧した悪魔族の王デモネラと、彼女を殺すために結成された多種族間連合の特殊部隊『ラグナロク』の隊員であるベルトライナー。彼女と彼のタイマンが繰り広げられていた。

「まさか……只人の身でこの私に肉薄するか。老人達も厄介な者を送り込んでくれる」

デモネラは口元の血を拭いながら忌々しげに吐き捨てる。その間にベルトライナーは自己治癒を行い、傷を癒やしている。すでに両者の防具は全壊し、体力も魔力も消耗しきっていた。

「美女との逢瀬は何晩でもお付き合いしたいが、こっちも都合があるんでね。そろそろケリつけようぜ」

軽口を叩きながら、ベルトライナーは右手に持った愛用の武器を変形させる。それを見てデモネラは警戒を強めた。

神によって造られた武器――神器。ベルトライナーの背後に亜神族がいることを示す証左でもある。

（この世界の誰もが私を殺そうとしてくる。これが、分不相応な夢を抱いた愚か者の末路か）

と、自嘲気味に笑みを漏らすデモネラは、虚空より武器を取り出すとベルトライナーに向かって突っ込んでいった。

もし、彼女に勝利への執着がもう少しでもあったのなら、歴史は大きく変わっていたかもしれない。だが、この戦いの結果は誰もが知るとおり、ベルトライナーの勝利で終わる。

魔王デモネラは自ら落とした星に灼かれ、残ったものは彼女の尻尾だけだった――と、いうのが全世界に公表された情報だ。

それから十年の月日が流れ……

◇　◆　◇　◆　◇

「所長～！　ハルマンさんから招待状が届いていますよ！　なんでも世紀の大発明の披露会を行うとかで、所長とあと二人出席させてもらえるそうです！」

小麦色の毛を生やした可愛らしい猫人族の少女が彼女に話しかける。その夜空を映したような大きくキラキラした瞳には彼女に対する恐怖や憎悪は一ミリもなく、憧れと親愛に満ちている。

「行きたいのか？」

「ハイ、是非！　今のところ仕事もキチンと捌けてますし、一日外出するくらいの余裕はありますよ！」

採用されてから一年も経たないが、すでに看板ネコ娘として、この『結婚相談所マリーハウス』の顔となっている。その誇らしげな顔を微笑ましく見つめ、

「良いだろう。お前と……ショウを連れて行こうか」

「えっ？　まずくないですか？　ハルマンさんとショウさんって仲悪いし……」

「だから正直に連れてこい、とは言えない。連れてくるな、と書いていなければそういうこと

なんだ」

「面倒くさい乙女みたいなやりとりですね……」

二人は顔を見合わせて苦笑する。

――と、これが元魔王デモネラの日常の一コマである。

「魔王デモネラは死んだ」という嘘をベルトライナーは世界中に発信した。トップを失った魔王軍こと悪魔族を中心とした連合軍は族滅を避けるため、侵攻から一転、講和に方針を転換した。すると驚くほどスムーズに交渉は進み、有史以来続いていた戦争が終結した。

多くの歴史家は「共通の巨大な敵を全種族が憎むことで団結し、その被害の大きさから厭戦の機運が高まったことが終戦に繋がった」と解釈している。

今、彼女が結婚相談所マリーハウスの所長、ドナ・マリーロードとして生きていることを知る者は極めて少なく、誰もが平和を尊んでいる。故にこの世界最大の嘘は隠し続けることが得策と判断され、年月が経過した。

これから語るミイスの事件は、一つの発明と一人の人間がその嘘を暴いてしまうことから始まる。平和な街に暮らす人々に悪意が芽生え、数々の愛が脅かされ、そして最強だった彼女が屈服することになる……

だが、そんな陰鬱な話を延々と聞かせるのは少々忍びないので……この度もまた、誰かのラブストーリーと共に語るとしよう。

chapter 1

1 目指せ！　ミイス・フォト・グランプリ！

十七種族(じゅうななしゅぞく)の暮らす実験都市ミイスにて世紀の大発明が誕生した。

それはある巨人族(ギガース)の画家ダバーンの嘆きから始まった。

「どうすれば、小人族(ハーフリング)のような精細な絵が描けるんだ……」

名前の通り、大きな身体(からだ)を持つ巨人族(ギガース)は手指も比例して大きく、小さな身体(からだ)で小さな筆を使って絵を描く小人族(ハーフリング)に比べて細かな作業を苦手としていた。

巨人族(ギガース)だけの暮らしでは気にすることではなかったが、区画が分かれているとはいえ、同じ街に暮らすようになったことで他種族との交流も増え、その欠点が目立つようになった。

勿論(もちろん)、巨人族(ギガース)ならではのアドバンテージもある。

ダバーンは五メートルを超える体躯(たいく)で樹木のような大きさの筆を器用に使って絵を描き上げ

ていく。彼の作業スピードは並の只人の画家十人分に相当する。情報の鮮度と絵の大きさが命の看板広告を中心に多くの仕事を請け負う売れっ子だった。

しかし、写実的な絵を理想とする彼にとっては大味な自分の絵が稚拙なものに見えて仕方なかった。

彼のパトロンである蟲人族のハルマンは悩みを解消してやろうと、ミイスにおける最高学術機関『サンクジエリコ学院』に相談を持ちかけた。

すると、兎耳族の歴史学者ピコー・ウインターズから、かつて鏡像を固定化する魔術や感光によって像を記録する方法があったことを教えられ、ダバーンはピンとひらめいた。

『ひらめきは只人の固有スキル』という格言があるが、それは只人の自惚れである。人間、いや全ての生物はひらめきによって進化の方向性を定め、過酷な生存競争を潜り抜けてきたのだから。

「写実を極めるために必要な道具は筆じゃあない……装置だ！」

そこからはあっという間だ。

兎耳族のピコーが歴史資料から掘り起こした像の固定法を只人、小人族の学者が検証し、装置と像の記録媒体の設計図を作成。鉱夫族の職人が中の機械を作り、長耳族の服飾家が外観をデザインした。それらの出資は全て大富豪であるハルマンが引き受け、さらには工場を建て、量産体制を整備した。

こうしてミイスにて、鏡に映したかのように写実的な絵を作り出す撮影装置——カメラが誕生した。

……と、カメラ誕生の経緯を含め、壇上のハルマンは長いスピーチを続けていた。

会場であるミイス・センター・ホールはミイスの最中心部カテドラルスクエアに位置している市の公共施設。イベントを行うにはお堅い場所であるが、ハルマンは豪語する。

「カメラの誕生は歴史の転換点になる！　ゆえに行政府の最寄りであるこの会場を選んだ」

とのこと。しかし、壇上の熱量とは裏腹に、

「長（なげ）え……いつになったら酒が飲めるんだ」

ハルマンのスピーチに嫌気が差した、やさぐれた風体の男はそうぼやくと懐（ふところ）から取り出したスキットルに口をつける。傍（かたわ）らに立っている猫人族（レオーネ）の少女は小声で男を叱る。

「もう飲んでるじゃないですか！　やめましょうよ！　私だって我慢してるんですよ！」

少女の鼻はバックヤードに待機している料理の匂いを捉えていた。同様に鼻の利（き）く種族はよ

だれを何度も飲み込んで恨めしげに壇上のハルマンを眺めていた。

そのことを察しながら敢えて勿体ぶり、嗜虐的な笑みを浮かべているハルマン。頃合いだ、と舞台袖に向かって手で合図する。

「そろそろ私のスピーチも聞き飽きたようだからね。此度の発明がどういうものか？　百聞は一見にしかずだ」

スタッフが舞台の下手から布を被せたイーゼルを運び入れる。小窓ほどの大きさのキャンバスらしきものが置かれていると出席者達は予測した。

「カメラによって我らの価値観は一変する。天才画家が描いた精緻な絵画よりも真に近い……いや、真実を写し出す！　カメラから生み出されるその絵の名を『写真』と呼ぶ！」

かかっていた布が取り払われた瞬間、長いスピーチに疲れ切っていた出席者達の目が見開かれた。

それまで見たこともないほど精密……いや、目に映った世界を切り取ってきたとしか思えないほどありのままに、女性の姿が写し出された絵――――写真がイーゼルに架けられていた。

被写体の女性は飛鳥族のエルザ。極楽鳥を思わせる虹色の翼と髪を持つ有名な舞台女優だ。彼女のトレードマークである色の異なる髪の束や大きな頭翼も写真は見事に再現している。

「今、この瞬間、諸君らの頭にはこうよぎったか？　『これは金になる！』。恥じることはない。金は役にたつ。暮らしていくためにも、贅沢するためにも、新しいことを興すためにも。ぜひ、用意した料理で腹を満たし、酒で口の滑りを良くして、このカメラの使い道について話し合おう！」

お待ちかねの酒と料理が台車に載せられて会場に運び込まれてくる。しかし、出席者の多くは初めて見た『写真』に興味を惹かれていて料理に伸びる手は緩やかだった。

そんな中「待ってました！」と言わんばかりの勢いで料理にガッついている猫人族の少女。結婚相談所『マリーハウス』の看板ネコ娘ことアーニャだ。ビュッフェ形式で並べられた料理をゴッソリと自身の皿に載せてすぐに口に運び始める。冷めても美味しいように工夫を凝らされている逸品ばかりだが、湯気の消えないうちに味わいたいのだ。

「ん〜っ♡　柔らかいお肉！　香ばしい魚のフライ！　野菜もドレッシングが美味しい！　タダ飯と聞いてお腹空かせた甲斐あった〜！」

パッと見、食い意地の張った卑しい小娘そのもの。しかし、小柄ながらスラリと伸びた肢体。幼さを残しつつも華やかで整った顔立ち。それに加えて愛嬌のある表情や仕草を振り撒く彼女は周りの人間を自然と笑顔にする。

看板ネコ娘はカワイイだけじゃ務まらないがカワイイは大前提なのだと他の招待客達は思い知らされる。そんな彼女の弾けるような笑顔に引き寄せられてくる男が一人。

「あの――……ちょっと頼みたいことがあるんだけど」

「ん？　なん――――でっかい⁉」

アーニャは驚き声を上げる。それもそのはず、声をかけてきたのは体長五メートルを超える大男——巨人族だったからだ。

「巨人族としては小さい方なんだけどな」

気恥ずかしそうに肩をすくめる男。彼の言うとおり、巨人族の平均身長は八メートル強。十七種族が共に暮らすミイスでも安全面や利便性を考慮して「巨人街」と呼ばれるエリアに住む場所を分けられている。

アーニャは口の中の物を咀嚼し切るとペコリと頭を下げた。

「失礼しました。滅多に巨人族の方は見ないのでつい……」

「気にしないでいいよ。いつものことだから慣れてる。僕はダバーン。カメラマンをやっているんだ」

「カメラマン？」

聞き慣れない単語に首を傾げるアーニャに、ダバーンは人の良さそうな顔で首にぶら下げたカメラを持ち上げて説明する。

「カメラマンってのはこのカメラを使って写真を撮る仕事をする人のこと……まあ、僕が勝手に名乗り始めたんだけどな」

アーニャの上半身くらいありそうな木製の箱には、瞳のように煌めくレンズが取り付けられている。他の種族では持ち上げることすら大変なその箱を掌に載せて軽々と扱う姿に「ピッタ

リの仕事だなぁ」とアーニャは感心した。

「それよりも……マリーハウスのアーニャ、だよな。ミイス一の美少女が結婚相談所で働いているって、評判どおりだ」

「アハハ、おだてたって何も出てきませんよ～」

と謙遜する素振りを見せるも隠しきれない嬉しさが顔から滲み出てしまう。容姿を褒められることが多いアーニャだが、男性のそれは大抵ナンパの枕詞のようなもので、チャラついた男に限ってそういう言葉を使う。

だが、ダバーンは大きな身体とは不釣り合いな童顔な上、髪型や服も気張っていない自然体の青年だ。

（こういう飾らない感じの人に可愛いって言ってもらえるのが一番嬉しいなぁ。料理は美味しいし、今日は良い日だ）

「で、頼みごとなんだけど、君の写真を撮らせてくれないか」

スチャッ、と体格に似合わない機敏な動作でアーニャにレンズを向けるダバーン。先ほど見たエルザの美しい写真が頭をよぎったアーニャは、俊敏な動作でダバーンの背後に回り込んだ。

「ちょっ⁉　わ、私なんて撮っても仕方ないですよ！」

「そんなことはないって。僕は元画家で女優や歌姫を描いてきたけど彼女たちに全く引けを取らない、ていうか派手な衣装や化粧も無しに、こんな大勢の人がいる場所で浮かび上がるように可愛い女の子見たことない！　きっと素晴らしい写真にするから協力してくれ！　頼む！」

そう言って顔の前で両手を合わせるダバーン。強引だが、なりふり構わず自分を求めて来るダバーンの熱意に負けて、協力してあげたい気持ちが恥じらう気持ちを上回った。

「えー……そこまで言ってくださるなら……」

「サンキュ！　じゃあ、行くぞ」

ダバーンは戸惑い気味のアーニャの前に跪くと即座にカメラのシャッターを切った。

ガシャン、と金属音を立てて内部のフィルムに像が焼き付けられる。

「思ったとおりだ！　きっとこの写真は僕の最高傑作になる！　今度はもっと猫っぽい感じのポーズを取ってもらえないか!?」

「えぇ……しょ、しょうがないにゃあ……」

照れくさそうに頬を赤らめながらもしっかりリクエストに応えようと、指を丸めてカメラに向かって戯れるような仕草をする。

「うおおおおお！　可愛い！　すごく可愛いよ！　イイっ！」

大喜びでシャッターを切りまくるダバーンとコロコロポーズを変えて応える被写体のアーニャに会場中の視線が集まる。

「あらあら、可愛い仔猫さんねぇ」

「えっ、ちょっと待って、メチャクチャ可愛くね？」

「噂のマリーハウスの看板ネコ娘ちゃんじゃん。見れてラッキー」

「よっ！　千年に一度の美少女猫娘！　結婚して！」

囃し立てられ見世物にされているようだが、満更でもないアーニャは、

「私はダメですけど、結婚相手なら紹介します……ニャン！」

と、カメラのレンズだけでなく周囲の人々に向けてウインクしたりポーズを取ったり出血大サービスである。

そんな様子を彼女の上司である二人は微笑ましそうに眺めていた。

「やれやれ……相変わらず期待を裏切れない娘だ」

「チョロいって言うんだよ。あんなんだといつ悪い男に弄ばれて泣かされるか分かったもんじゃねえ」

「そうならないように悪い男をそばに置いて免疫をつけさせているんだ」

「おお、名采配。その分お手当もらっちゃおうかな？」

ルビーのように煌めく真紅の髪をたなびかせた絶世の美女と、くたくたのジャケットとしわしわのシャツをだらしなく着たやさぐれた男が並び立つ姿は誰から見てもアンバランス。しかし、二人はれっきとした共同経営者である。

ミイスで最初に開業した結婚相談所『マリーハウス』の所長ドナ・マリーロード。そして副所長のショウ。

街の名士として名高いドナとは対照的に、ショウはミイス一の遊び人と揶揄されている。

だが、彼もただの遊び人というわけではない。写真をじっと見つめて分析し、大声で独り言を口にする。

「しかし、あの虫ケラもたまには良いことするじゃねえか。このカメラとやらがあれば色々面白いことができそうだ。裸の女の写真は高く売れそうだし、虫ケラの小さなイチモツを白日の下に晒すのも一興。いや、それよりもヤツが権力を使って女を手籠めにしているところを写真に撮ってばら撒けば面白いことに――」

「ロクでもないこと考えていますよ。あの只人」

「だろうな。一言一句そのまま書き残せ」

ショウに虫ケラ呼ばわりされているハルマンは特に怒りもせず、淡々とそばにいる兎耳族のピコーに指示した。兎耳族はその呼び名の如く、兎の肉体的特徴を備えた種族。頭に生えた二つの長い耳は遠くの小声でもキッチリ拾う。五感の優れた獣人系種族の中でも聴覚はずば抜けている。

「新しい道具が生まれたからには悪用に備えなければならんからな。ククク……カメラの使用に係わる法律を議会に制定してもらって、あのクズに合法的に制裁を加えてやる」

ニンマリと笑うハルマン。手を忙しなく動かすピコーは顔を引き攣らせて、

「そ、それにしてもよくあんなに色々思いつくなあ……ゲスな発想と後ろ暗い知識の量が尋常じゃない。あの人、何者なんです？」

と尋ねる。「マリーハウスの副所長は遊び人の昼行灯」と、ショウを知る人間はたいていそう言うし間違ってもいない。だが彼の過去を知る者は――

「昔はともかく……今はただのチンピラだ」

吐き捨てるハルマンの表情には不快感の中に一抹の信頼が込められていた。

閉会の時間が近づき、再び壇上にハルマンが上がった。

「カメラがあれば素人でも天才的な画家の描く絵よりも精密な写真を撮ることができる。しかも時間はさほどかからないし、大量に複製することも可能だ。仕事を失う画家もいるだろう。今まで何の才能もないと諦めていた者が天才と持て囃されることもあるだろう。新たな道具の誕生によって人類は今までを過去にし、可能性を得る。そのためにもお集まりいただいた皆様

に協力を願いたい」

ハルマンの後ろのドアから次々と箱が運び込まれてくる。その数はちょうど百。

「すでにカメラは小型化と量産化に成功している。そちらにいるダバーンが使っている試作機よりもはるかに小さく、小人族（ハーフリング）でも扱えるようになっている。これを皆様にお配りする。お代は不要だがその代わり、このカメラを使って写真の可能性を広げていただきたい」

「可能性を広げる？」

ハルマンの抽象的な言葉を理解できずアーニャは首を傾（かし）げた。会場の大多数が彼女と同じような反応を示している。その様子を見てハルマンは不敵に笑い、高らかに宣言する。

「今から半年後！　カメラを使って最もミイスの発展に貢献した者を第一回ミイス・フォト・グランプリ優勝者として表彰し、賞金と栄誉を与える！」

会場にいる人々がザワザワと騒ぎ出した。ミイスで屈指の大金持ちである芸能王ハルマンが主催するコンテスト。それに優勝することによる利益は計り知れないからだ。

「せんせー、質問でーす。賞金っておいくら？　子供（ガキ）の駄賃程度じゃ動かねえぞ」

ヤジまがいの質問をするのはやっぱりショウ。ハルマンは嘲笑（あざわら）うように口角を上げて、

「私は功績に対し、正当な報酬を払う。そうだな、優勝者がカメラを使って新規事業を始めるならば必要な額を言い値で払う、とでも言ったら満足かな」

その言葉に会場のボルテージが一気に上がり、上品な顔をした紳士も悠然としていたマダム

もこぞって奪い合うようにカメラを受け取りに走った。

「豪気なことで。このオモチャの開発費用だけで城が建つだろ」

壇上から下りてきたハルマンにショウは嫌みったらしく言う。しかし、

「どういうことはない。それにカメラは芸術にも良い影響を与えてくれる。芸術は金の掛かる淑女みたいなものだからな。満たしてやるのが男の器量だよ、マリーハウスのヒモ男クン」

やり返すハルマン。またいつものように不毛な口論が始まるかと思いきや、

「素晴らしきことだ。この上なく」

うっとりとした声を上げてドナが間に入る。

「戦乱の中で失われたものを現代の若者が掘り起こし、この十七種族の暮らす街で数多の人の手によって蘇らせ進化させた。いがみ合い争ってきた十七種族が手を取り合うことで高等魔術をも上回る道具を作ることができる。ハルマン殿。良い仕事を為されたな」

社交辞令ではない心からの称賛を受けたハルマンの胸は高鳴り、冷徹そうな青白い頬を赤らめて喜んだ。

「さすがドナさん！　お目が高い！　カメラの使い方についてじっくり語らうために今夜お食事でも」

「遠慮しておく。まったく、貴殿はショウが変わったと言うが貴殿も大概だぞ」

ドナは苦笑しながら配られたカメラに指を触れて目を細める。

「もし……戦時中にこの写真の技術が失われず世界に広まっていたら、私達はこんな風に同じ場所で笑い合ってはいられなかったろうな」

「だな」

ドナの悲観的な言葉をショウは短く肯定する。その様子をアーニャはしっかりと見ていた。

彼女は三ヶ月前にマリーハウスを狙ったテロ事件に巻き込まれている。テロリストは戦時中に英雄と称されていた飛鳥族（ウイングス）のガルダンディとその同志。彼らはアーニャが信望するドナのことを「邪悪な正体を隠している」と罵った。事件が解決した今もアーニャの胸の奥でその言葉はしこりになって残っている。

（所長は過去に何をしてしまったんだろう？）

アーニャは未（いま）だドナのことをほとんど知らない。

chapter 2

2 エメラダの引継ぎ 二人のリリス編

実験都市ミイスの中心街は、官公庁街であるカテドラルスクエアと、それを囲む東西南北の四つのエリアで形成されている。

東方にイーストウイング、西方にウエストテイル、南方にサウスタウン、北方にノーススクエア。

種族間戦争の終結後、十七種の人類が共存していく方策を模索し、それを世界に発信するという使命を帯びた街であったが、この街に住む人々の多くにはその自覚はない。世界で最も豊かで進んだ街の恩恵を受け、文化的な毎日を謳歌(おうか)している。

その反面、若者の結婚率の低下に伴う少子化傾向は凄(すさ)まじい勢いで加速していた。旧時代のように結婚によって個々の生活を支える必要がほとんどなく、結婚の世話を焼いてくれる大人も少ないからだ。

結婚相談所『マリーハウス』は恋愛結婚と異種族結婚という二つの新しい結婚の形を提案し、ミイスの少子化問題に立ち向かっている。

統一暦九年の春に猫人族のアーニャが雇われてからもうすぐ一年が経とうとする頃、そのマリーハウスの中でも一つの別れが近づいていた。

「エメラダさぁん……ホントにホントに良かったですねぇ……」

マリーハウスの執務室内でアーニャはポロポロと大粒の涙を流していた。そんな彼女の涙を拭うのは褐色の肌と銀色の髪をした長耳族の女性エメラダ。アーニャの先輩であり、マリーハウス開所時から秘書係を務めているベテラン職員である。肌の黒い長耳族は夜の長耳族と呼ばれ、希少な長耳族の中でも少数部族である。故に内向的で排他的な性向が強い、というのがステレオタイプだが……

「あらら、アーニャちゃんは心が柔らかいのねぇ。きっといい秘書係になれるわ」

そう言って、エメラダは優しくアーニャを抱き寄せた。柔らかく大きな胸も、おっとりとした喋り方も、母性溢れる雰囲気も、長耳族のステレオタイプなイメージからは程遠い。だが、そんな彼女をアーニャは慕っており、別れの寂しさと祝福する気持ちで胸がいっぱいになって泣き出してしまった。

エメラダはミイスの街で再会した幼馴染と交際しており、この度めでたく婚約した。まだ、数ヶ月の猶予があるが、結婚と同時に彼女達はミイスを離れ、旅に出ると宣言している。

「仕事でも街でも会えなくなるのって寂しすぎますよ……ミイスよりもいい街なんてこの世のどこにもないんですから、ずっとここで暮らしましょうよ」

「たしかにミイスは素晴らしい街よ。私たちみたいな夜の長耳族だって他の長耳族と同等に扱ってもらえるし、素敵な友達もたくさんできたわ。だけどね、私とグリムには使命があるの」

「使命、ですか？」

　グリムというのはエメラダが結婚する相手の名前だ。そして彼もまた夜の長耳族であり、この街の住民でもある。アーニャに面識はないが大らかな人物であると聞かされていた。少なくとも、使命なんて大仰な言葉に殉ずるタイプではない印象だ。

「私とグリムはね、夜の長耳族が集まって暮らす里で生まれ育ったの。でも戦争で里が焼かれて同胞は散り散りに……私たちは運良くミイスに流れ着いていい暮らしをさせてもらっているけど、きっと未だに旧時代を引きずっているような地域にいる同胞は苦労していると思うわ。私たちはそんな同胞を探し出して助けてあげたいの」

「エメラダさぁん……」

　優しい母親のようにゆったりとした語り口で告げられた彼女達の使命は、他人が口を挟めない程に重く高尚だった。穏やかで楽しい暮らしを捨ててまで同胞のために人生を懸ける。そんな一面を見せられては別れがどんどん辛くなる、とアーニャはしがみつくようにエメラダの胸に顔を埋めた。

そこに、

「ああ、よかった。ちょうど二人とも残っていたか」

ドナが執務室に入ってくると紐で綴じられた書類の山を二人の側の机に置いた。

「なんですか？　この仕事の山……」

「エメラダが現在抱えている案件、つまりお前の新しい仕事だよ」

「フニャッ⁉　ニャ、なんで⁉」

エメラダに抱かれながらアーニャが泡を食う。逃がさない、と言わんばかりにエメラダはアーニャを抱きしめる腕に力を込めた。

「エメラダは評判も人当たりも良いんだが、どうものんびり屋でな……長耳族の時間感覚で仕事するから、結婚しないままダラダラここに通い続けている相談者が多いんだ」

「それって結婚相談所としてどうなんですか⁉　いやいやいや、私だってたくさん相談者抱えてますよ！　これ以上担当できませんって！」

悲鳴を上げて訴えるアーニャだがドナは耳を掌で覆い、異議は聞かない、とアピールする。

「いずれエメラダの後釜は雇うから、それまで戦線を支えてくれ。我らが看板ネコ娘のアーニャちゃん♪」

「アーニャちゃんみたいに頼れる後輩ができたから、憂いなく寿退社できるわぁ」

不敵に笑う上司とにこやかな笑みを浮かべる先輩に挟まれて、アーニャのデスマーチが幕を開けた。

「へぇ、それで休日返上で働いてたワケだ。頑張り屋さんだこと」

アーニャの髪先を摘んで鋏を入れているのは彼女の同郷の姉貴分である猫人族のシルキ。かつてはウエイトレスをしていたが、今はウエストテイルにある美容室で働いている。職業訓練校時代からアーニャはシルキの練習台にされていたのだが、今日は初めてお客としてシルキにカットしてもらっていた。

「エメラダさんっていう夜の長耳族が本当にのんびり屋さんで……結婚相談に来られる長耳族の方はせっかちな人ばかりなのに、どっちが長耳族らしいんだろうね？」

「今の時代、種族らしさなんて死にステータスよ。先入観なんて邪魔、邪魔」

ケラケラと笑いながら手際よく、アーニャの毛先を整えていくシルキ。正面の鏡に映る彼女の仕事ぶりを見ながらアーニャは上手いものだと感心する。

「あ～～～～、グッド！　グッドルッキングだよ、シルキ！」

鋏の軽快な音を掻き消すように、ガシャンガシャンと重いシャッター音を鳴らしながらシルキを撮影するのは巨人族のダバーン。

すっかりカメラマンという仕事が板についたようで、望み通りの写真が撮れるたびに、恍惚の表情を浮かべながら被写体を褒め称えている。だが、建物に入りきれない巨人族がドアからカメラと上半身だけ入れて寝そべっている光景は異様としか言いようがない。

「シルキ姉ちゃん……なにアレ？」

「巨人族のダバーン。カメラマンなんだってさ」

「それは知ってるよ。どうしてシルキ姉ちゃんが写真撮られてるの？」

訝しむような目でダバーンを見つめるアーニャだが、シルキがクイッと頭を前に向けさせる。

「ミイス・フォト・グランプリだっけ？　彼さ、それに何かしようとしているんだって。テーマは『美しすぎるミイスの女たち』。ちなみに私は『美しすぎる見習い美容師、シルキ・ドレーサ』として紹介されるんだって」

まんざらでもなさそうなシルキは口元を緩めている。一方、アーニャは美人云々よりも聞き慣れない単語に食いつく。

「ドレーサ？」

「私のセカンドネーム。フフン、里にはセカンドネームって発想が無かったものね。知らないのも無理ないか〜」

「ムッ……あの、私を誰だと思ってるの？　結婚相談所の秘書係だよ。名前にくっつける家名のことでしょ。結婚したらどちらの家名を名乗るかとかでよく揉める……えっ、シルキ姉ちゃん、まさか――――」

「ちがうちがう。結婚なんてしてないって。まだまだ遊び足りてないもん」

笑いながら妹分の誤解を解く。アーニャよりも大人びた美貌の持ち主である彼女は自他共に認める奔放なプレイガールである。また、広い交遊関係のおかげで事情通なところもある。

「基本的にセカンドネームは自分でつけることができないのよね。貴族や王族の名前を騙ったり、親戚のふりして近づいたり、悪さする奴らがいるから。だからセカンドネームを持つためには既にセカンドネームを持っている人間と結婚しなきゃいけない。でも、これには裏技があってミイスでは当人に限り、称号をセカンドネームに使うことができるの。ドレーサってのは美容師免許を取得した際にもらえる職業称号よ」

シルキの解説にアーニャは大きく首肯した。その時、一束の髪が付け根からバッサリ切れてしまった。だが、シルキは黙ってそれを床に捨てた。

「セカンドネームかぁ……なんか良いなあ。じゃあ、私もアーニャ・セクレタとか」

「うう～ん、それは無理じゃない？　職業称号は全部の職業にあるわけじゃないし、歴史の浅い仕事にはないものだから」

「ええ⁉　でも、ウチの所長もマリーロードって」

「ドナさんは特別よ。ミイスで初めて結婚相談所を立ち上げた偉人として功績を称えられてマリーロードの称号をもらってるんだから。ま、アンタは職業称号よりも結婚相手を見つけて、相手の家名をもらうことを目指したらどーお？　一石二鳥よ」

シルキはケラケラと笑った。アーニャはむくれながらも彼女のセカンドネームを羨ましく思っていた。すると、

「そういえばミイス・フォト・グランプリの優勝者は称号がもらえるんだってさ」

ダバーンはアーニャにそうアドバイスした。

「え？　ホントですか⁉」

「ああ。本来は人気画家の称号なんだけど『グラニカ』という称号が。ハルマンさんが言ってたよ」

「じゃあ、私がもしグランプリを取ったら……」

『マリーハウスの看板ネコ娘こと、秘書係（セクレタ）のアーニャ・グラニカです』

と自己紹介する自分の姿を夢想するアーニャ。なんとなく箔（はく）がついて仕事ができる女っぽく思えてニヤニヤしてしまう。

（カメラは一応借りてきてあるし、本気で狙っちゃおうかな。ミイス・フォト・グランプリ！）

仕事漬けの毎日をさらに忙しくするものだったが、この目標はアーニャの心に張りを与える

こととなった。

◇◆◇◆◇

爽やかな朝の空気を胸いっぱいに吸い込みながらドナはカメラのシャッターを切った。ミイスを一望できる丘の上の公園にやってきている彼女は、朝の陽光を浴びる街を写真に収めようとしていた。

「これで、撮れているのだろうか？　うーむ、機械というものはどうにも使い慣れる気がしないな」

ドナは頭を掻きながら、街を見下ろす。苦手な機械を使ってでも写真にして取っておきたいくらい、この景色は彼女にとって思い出深いものであった。

●○●○●

デモネラとベルトライナーの死闘は一夜のうちに勝敗が決した。有史以来続いた戦争の最終決戦としてはいささかあっさりした幕切れのように思えるが、二人の戦いによって世界は九大陸から八大陸に変わったことから、壮絶なものであったことを疑う余地はない。

『星落としの魔王』とその能力を写し取る『怠慢』のグレイスホルダーがぶつかり合うということは人為的な天変地異の発生だった。

同じ力を手にしているだけでは元亜神のデモネラの才能に勝てる道理もない。だが、半ば自棄になっていたデモネラと、絶対に勝利を摑み取ろうとするベルトライナーの間には、精神面で無視できないだけの差が生まれていた。さらに彼はこの一戦のために十全の準備をしていた。世界中からかき集めたデモネラの情報を頭に叩き込み、一対一の状況を作り出すため、種族を超えた反魔王連合軍を選抜し、デモネラの援軍を阻み、結界の中に彼女を閉じ込めた。さらに彼のグレイスを最大限に発揮する神器『メニーフェイス』を亜神から授かり、神聖樹の霊薬を全身に隠し持つ。自分の戦いが人類生存の分水嶺であると覚悟して戦いに臨んでいたのだ。

結果、紙一重の差でベルトライナーはデモネラに勝利する。

敗北を受け入れたデモネラは気が楽になった。

数多の命を奪い、世界を荒廃させてしまった己の罪の重さに押し潰されそうになっていた彼女にとって、死は分かりやすい救済だった。

だが、ベルトライナーはそれを許さなかった。

「殺すには勿体無い」

と、言って笑うと亜神達の集う神殿まで彼女を連れていく。予想外の事態にさすがの亜神達も混乱したが、結局は全ての感覚を遮断した状態で封印の刑に処すことで落ち着いた。

無限の命を持つ彼女が死ぬこともできずに無感の闇に閉じ込められることは、心を鋸で引かれるような拷問である。だが、彼女は甘んじて受け容れた。

(たしかに一思いに殺しては勿体無いな。新たな情報の入り得ないこの闇の中で、永遠の刻を己の罪と向き合い自罰し続ける。あの男もなかなか味な真似をする)

自嘲するが、笑う唇の感覚も彼女には与えられない。

(封印が破られる可能性もなくはない。だが大罪人である自分を復活させようとする輩、しかも神殿の守護を突破してとなるとそれこそ世界の危機だ。その時は刺し違えるつもりで戦おう。幾許かの償いになるやもしれんな)

彼女はきっと予想もしなかったはずだ。封印が五年も経たずに解かれることを。また解いたのが彼女を封印した張本人であることも。

闇から泳ぎ出たデモネラを見つめてベルトライナーはヒュー、っと口笛を鳴らす。

「記憶に残ってたとおり、抜群の別嬪ぶりだ。生かしておいた甲斐があったってもんだぜ」

そう言ってデモネラの顎を指で持ち上げた。虚脱状態のその表情を見て、彼は苦笑する。

「だが、これじゃあ魂の抜けたお人形だな。良いぜ。リハビリに付き合ってやる」

飄々とした態度と欲に塗れていそうなだらしない顔つきに、

（記憶にあるベルトライナーと随分違う……）

とデモネラは戸惑っていた。

だが、それもまだ序の口。彼は亜神達に気軽に声をかけて、転移魔術を使ってほしいと頼んだ。只人の頼みを聞く亜神がいるものか、と思いきや、あっさり承認された。勝手気ままに亜神族すらも振り回すベルトライナーにデモネラはずっと戸惑い続けていた。

二人が転移したのは何もない平原だった。ベルトライナーはデモネラの手を引いてゆっくりと歩いていく。小高い丘を登ると、その先には数多くの建設中の建物が競い合うように並んでいる街が見えた。

「あれは実験都市ミイス。種族間戦争を終わらせた人類が共に生きていくために、その方策の発見と失敗を繰り返すべく造った街だ」

ベルトライナーはそう語りかけるとニヤリと笑って、

「ここで暮らそうぜ。お互いもう王様なんかじゃなく、ただのヒトとしてさ」

●○●○●

ふと思い出した過去の記憶に苦笑するドナ。

「あれから随分、街も変わったものだ」

ドナが初めて見た時にはまだ建設中だった建物はとうに完成していたが、新しく建てられたより高い建物に囲まれて見えなくなっている。そして、街を遠くから眺めていた彼女が街の住民として堂々と陽の下を歩き、ただのヒトとしての暮らしを謳歌している。

だから、油断をしていた。

自分の平和な日々を脅かすものは何もない。たとえ強大な敵が攻めて来ようとも、自分がいる限りミイスは安泰だ、と。

◇◆◇◆◇

サウスタウンの一角にそびえる白亜の城『マリーハウス』。この結婚相談所にはありとあらゆる種族が訪れ、かつては禁忌とされていた種族間結婚を推奨している。十七種族融和の象徴として、ミイス都市議会からの覚えもめでたく、また成婚者の満足度も高い。

そんなマリーハウスに今日も相談者達は訪れる。

「ええと、次の相談者は天使族のリリス……エンリリさんって人かぁ」

アーニャは相談室で相談シートを睨みながら、エメラダから引き継いだ時の説明を思い出す。

彼女はとても気が良く親切な先輩ではあったが、どうにものんびり屋でアーニャが思う以上に引継ぎには手間と時間がかかった。

「天使族にも悪魔族にもリリスさんって名前の相談者がいるの。だから私はデモリリ、エンリリって呼んでてねえ。二人ともとても魅力的な人なんだけど、好みにうるさくってねえ。デモリリさんは俗っぽいというか快楽に忠実な悪魔的性格の持ち主というか、とにかく顔のいい男性が好きなのよねえ。逆にエンリリさんの男性を選ぶ基準は内面重視なの。でも重視しすぎてそのお眼鏡に適う殿方が見つからないって感じね。二人を足して割れたらちょうどいいのにねえ。そうそう、余談だけど足して割るという表現は小人族には禁句なのよ。自分たちの小ささを誹謗しているって――」

エメラダは気楽な雰囲気にするためにわざと話を脱線させたりしていたのだが、せっかちな気質のアーニャにはそれが要領を得ないものに映った。だから、どこか先輩の言葉を軽んじていたのかもしれない。

(要するにエンリリさんには見た目を気にせず、中身に極振りした男性を当てれば良いんでしょ。だったら、この人だ！　ダイモンさん！)

アーニャは手持ちのカードを切るように、男性相談者の紹介シートを机の上に取り出した。

「ご不満でしたか？」

天使族のリリスは絹のような栗色の髪をかきあげるとため息を吐く。

「相手は只人かぁ……」

「いや……先入観でもの言っちゃダメって分かってるけどさあ、只人にいい思い出ないのよね。ちょっとガッカリかなあ」

気怠げに答えるリリス。天使族は他の有翼種と異なり、翼を大っぴらに晒さない。リリスもその例に漏れず大きなポンチョで背中を隠している一方、脚や肩を派手に露出している。加えて、派手な化粧や装飾品を好んで身につけているから不良娘といった形容がよく似合う。

拗ねたような彼女の気持ちを盛り上げようと、アーニャは発破をかける。

「ダメですよ。最初から決めつけちゃ。私が前に担当した方も、種族を聞いた当初は顔を顰めていらしたんですけど、実際会ってデートを重ねたらあっという間にラブラブになっちゃって！」

「ラブラブ……ねぇ……」

「そして結婚式も担当させていただいたんですけど、そりゃもう幸せそうで！　今、お腹に赤ちゃんがいるんですよ。『旦那に似た元気で優しい子だったらいいな』とか惚気ちゃってて！　そういうこともあるんですからまずは前向きな気持ちで会ってみましょう！」

　これまでの相談相手のエメラダとは打って変わりスピーディにグイグイと話を進めてくるアーニャに半ば圧倒されながら、天使族のリリスは紹介された男性と会うことが決定した。

「ふぅ……ええと、今度は悪魔族のリリスさんか。本当にややこしいなあ……でも、かかってこいデモリリ！　マリーハウス職員の間でも話題の神器級イケメンをくらえっ！」

　神に贔屓されているとしか思えないほどに美しく整った容姿をしている彼の姿を思い浮かべるも、それを相殺する火力高めのプロフィールに不安を覚えながら、アーニャは紹介シートを机に叩きつけた。

「……無職。趣味はギャンブル。特技はナンパ。結婚相談所に登録したキッカケは『ありのままのオレでも許してくれる相手を見つけてほしいから。よろ〜』……極め付けに借金と……た、逮捕歴有り？」

「ご安心を！　実刑は受けていません！」

「それはフォローのつもりかな？」

紹介シートを読み上げる悪魔族のリリスの声が微かに震えた。十七種族の中で最も多様な部族に分かれる悪魔族。リリスは蛇女の流れを汲む部族であり、蛇の尻尾を持ち、首や頬にかけて鱗が生えている。紫色の髪の毛は肩に触れない高さで綺麗に切りそろえられ、鋭い目と合わさってクールな大人の女性といった容貌だ。表情に乏しいが、

（多分、引いてるんだろうな……）

と感じたアーニャは、流れを変えるべく捲し立てるように擁護する。

「たしかに、ここに書かれている情報ではダメな男性にしか見えないかもしれません！　ですが、過去より他に見なきゃいけないところあるでしょう！　彼の魅力は文字では表しきれません！」

アーニャが紹介しようとしている男性は人狼族のケルガ。プロフィールは先の通りだが、彫

りが深い鼻梁に少年のようにキラキラ光る翡翠の瞳。手脚は長く、引き締まった肉体に加え、所作や仕草も美しい、天然の美男子である。「見ている分には目の保養になる」とマリーハウス職員のお墨付きだ。

「文字では分からない……実際に会えば分かる、と受け取っても構わないのかな？」

「そう！　そのとおり！　まぁ……さっき言った通り、欠点の多い人ですので無理な人は無理だと思います」

「だろうな……私も――」

「ですが、我がマリーハウスは相談者を不幸にするような紹介はいたしません！　リリスさんなら！　リリスさんだったらピタリとハマる！　そんな気がするんです！　私の直感、当たりますから！　ぜひ！」

と、ゴリ押しでリリスにケルガとのデートをセッティングした。

◇　◆　◇　◆　◇

一日の業務が終わり、執務室で事務処理をしていたアーニャの元にエメラダがやってきて、

「さすがアーニャちゃんは手際良いわね。所長がお気に入りなのも分かるわ」

と労った。アーニャは自分の仕事の出来を誇って胸を張る。

「そりゃもう！　看板ネコ娘ですから！　エンリリさんには中身重視の朴訥な男性を、デモリリさんには中身無視で見た目に振り切った男性を紹介しました！」

「うんうん。エンリリさんはねえ、本当に良い人なのよ。見た目は冷たそうに見えるけどね」

「別に冷たそうとは思いませんでしたけど？」

「そう？　まあ、とにかく子ども好きでしっかり者よ。悪魔族って戦争末期にかなりの戦死者が出て戦争孤児がたくさんいたの。そんな境遇の子どもたちを保護して教育して、孤児院みたいなことをやっていたのね。その功績が認められてミイス市庁の福祉局に採用されてやってきたんだって」

「へぇ……あんな不良娘みたいな感じなのに意外と優しいんですねぇ」

「不良？　娘？」

アーニャの感想にエメラダは違和感を覚えた。また、アーニャもエメラダとの感覚のズレを訝しんだ。

「まー、エンリリさんは大丈夫。どちらかというと心配なのはデモリリさんの方よねえ。フワフワしてるし、悪い男に騙されないか心配」

「フワフワ？　全然そんなふうには……」

几帳面そうな風貌に加え、喋り方や所作にもうっすら威圧感が漂うしっかり者、というのがアーニャが受けた悪魔族のリリスの印象だ。

「あの子も見た目とは裏腹というか、戦時中は騎士階級な上、特命隊に所属していたこともあって主命のためならば虐殺もやむなしってコトしてたのね」

「ちょっ！　そんなのどこにも！」

「書けるわけないじゃない。字面だけで見れば印象最悪でしょう。彼女にとっても隠したい過去だし、だけど彼女のパーソナリティを摑むのに必要だからこうやって口伝してるの。個人情報の保護は秘書係の基本でしょ」

おっとりとした口調で告げられる正論にアーニャは口を噤む。

「そもそも、あの種族は他種族には寛容だけれど自分たちに厳しいのよ。デモリリさんもろくに情感が育たない頃から戦場に送られて……保安隊なんて荒事の多い仕事だけど、ミイスに来て初めて人間らしい暮らしができているのかもしれないわねえ」

「へえ、意外ですねえ。てっきりあの種族は享楽主義なのかと」

「アハハ、それはアーニャちゃんがミイスで初めて連中に会ったからよ。ヴァルチェちゃんみたいな気さくな子多いしね」

「たしかにヴァルチェさんは……えっ？」

ヴァルチェ――ショウやハルマンも入れ上げている人気の娼婦。そして、天使族だ。

「ちょっ、また話がズレてますよ。いつ悪魔族の話から天使族の話に変わったんですか？」

半笑いで指摘するアーニャだが、エメラダは変なことを聞かれたかのように首を傾げ、

「エンリリの話が終わってデモリリの話始めたとこじゃない？」

と答えた。すると、二人は顔を見合わせて、

「「えっ？」」

と虚をつかれたような顔をした。

「ちょっ……天使族のリリスさんが悪魔族の子どもたちを救ってあげて、悪魔族のリリスさんが厳しい暮らしを強いられていた――」

「ちがうちがう！　デモリリが厳格な天使族の暮らしの反動でイケメン好きのちゃらんぽらんになっちゃって、エンリリがしっかり者な分、相手にもそれを求める内面重視のお堅いタイプで」

「ええっ!?　もしかして、天使族のリリスさん＝デモリリで、悪魔族のリリスさん＝エンリリ……ってコト？」

「だから最初からそう言ってるでしょう。天使みたいに優しくて厳しいからエンリリ。悪魔みたいに可愛くて自分勝手だからデモリリ。種族と性質が真逆なのが面白くってそういうあだ名にしちゃったの」

「……『しちゃったの』じゃぁないですよっ!!　紛らわしいあだ名の付け方して！　ど、どうしましょう!?　二人に紹介すべき人を取り違えてしまいましたよ!?　明日には二組とも顔合わせする予定なのに！　急いで連絡しないと！」

顔を真っ青にしながら慌てふためくアーニャ。

「あらー、迅速な仕事が徒になっちゃったわねえ。でも放っておいても大丈夫よ。今までだって紹介された相手とうまくいかなかったし、一回無駄足踏むくらい大して気にしないわよ……たぶん」

おっとりとした口調で諭し、ティーカップにおかわりのお茶を注ぐエメラダ。

（のんびりしてるというか、本当に動じないなこの人……たしかに夜分に家に押しかけて「紹介する相手間違っていました」と計四人に伝えに行く……そもそもリリスさんは二人とも寮暮らしのようだから立ち入れないし、ケルガさんもほとんど住所不定と豪語してたし、ダイモンさんもアレで偉い人だし……）

リカバリーの困難さに頭を抱えたアーニャは、

「……明日、顔合わせのお店で付き添えばいいか」

と全てを明日の自分に託した。

◇　◆　◇　◆　◇

悪魔族のリリス改め、エンリリは、ノーススクエアのカフェテラスで苛々しながら空になったカップを見つめていた。

（……遅いっ！）

　懐中時計を取り出して時刻を確認する。正確な時刻を知らせる時計は既に実用化されている。

　しかし、公共の場に置かれているのが精々で自宅に持っている者は少ない。高価な懐中時計を持ち歩いているのはエンリリの几帳面さの表れである。

　そんな几帳面な女性を一時間近く待たせて、ケルガが現れた。

「ごっめ――ん☆　ノースクエアはあんま来ないから道に迷っちゃったー！」

　と、軽そうな頭を深々と下げて謝罪しているケルガ。しかし、その相手はエンリリではなく、無関係の女性である。

「こっちだ！　ケルガ！　私がマリーハウスに紹介されたリリスだ！」

　ビシッと通る声で呼びかけると、ケルガは一瞬ポカンとした顔をしたが、すぐ近づいてきて、

「ゴメンちゃーい。思ったよりちゃんとした女の人だから間違えちゃった！　てへぺろっ♪」

　顔の前で両手を合わせて謝るケルガ。ダメ男という紹介シートの印象を裏切らない登場にエンリリは呆れる。

（随分、趣向を変えてきたな、マリーハウス。こんな見るからにアホそうな、中身のない顔だけの男を紹介するなんて……でも）

　ケルガはイタズラ好きの子供がするように、合わせた手に隠れながらエンリリの反応を窺っている。大きな瞳が訴えかけるように潤んでいるのを見てエンリリは苦笑する。

「（どうせ内面がダメなら顔だけでも良い方がお得か）もういい。君は何か頼むか？」

「あ、ハイ。こういう店って水はサービスなんだよね？　じゃ、水で！」

「やめんか！　みすぼらしい！　金が無いなら奢ってやるから恥をかかせるな！」

「わお！　マジっすか！　あざ――っす！」

ケルガは飛び上がらんばかりの勢いで喜んでメニューに目を走らせ始めた。

◇　◆　◇　◆　◇

ちょうどその頃、サウスタウンの三番街区にある『たそがれ』にて、もう片方のリリスも紹介された男性と食事を共にしていた。

「リリスさんはどうしてミイスに？」

「仕事」

「へーっ。それはさぞかし優秀なのでしょう。ミイスには世界中のエリートが集められてくると聞きますから。差し支えなければどのような仕事か」

「公僕」

「おお意外……と言ったら失礼ですね。私達の暮らしを支えてくださっているわけだ」

天使族だが悪魔的な性格のリリス――デモリリは洒落た柄のテーブルクロスをじっと見

つめ、正面に座っている男の顔を見ようともしなかった。

（マジ前の担当の方が良かったぁ……上手くいかなくてもそれなり以上の顔の男を紹介してくれていたのに。なんだよ、このブサイク）

　リリスの向かいに座る、只人の青年ダイモンはのっぺりした顔に微笑みを浮かべまっすぐリリスを見つめている。歳は二十代半ばだが、脂ぎった肌や薄い頭髪のせいで中年男にしか見えず、低身長のうえ、ずんぐりと太ったタル型の体型は仕立ての良い服を台無しにしている。美醜の基準は人それぞれではあるが、少なくともデモリリの好みとは程遠い。

　とはいえ、好みじゃないからといきなり席を立てるほどデモリリは礼儀知らずではない。規律を厳守する天使族の世界で育まれた倫理観は、ミイスの風に吹かれても根っこのところまでは変われない。

　最低限の相槌を打って相手に脈なしと理解させて帰ろう。そんな事を考えながら運ばれてきたパスタに手をつけるが、

「……おいしっ！　すごっ！」

　口の中に広がる心地よい食感と抜けるような柑橘の香り。サッパリとしているのに旨みがある未体験の美味に思わず目を見開く。

「おいしいでしょう。この店は元々夜だけ営業しているお店でしたが、婿入りしたシェフがこういう料理が得意で昼の営業も始めたらしいんですよ」

デモリリの反応を予想していたかのように落ち着き払った様子で笑いかけるダイモン。ミイス市内に家具販売の店を三店舗持つビジネスオーナーで富裕層。元々は只人の国で貴族の三男だったので教養もある。フォークで麺を巻いて綺麗に玉を作り、啜る音を立てず食す仕草は優美で、冴えない見た目を五割増しで美しく見せる。まあ、元が低いので美しさの虜にできるほどではないが。

「たしかにおいしいわ。素敵なお店を知ってるのね」

「ありがとうございます！　喜んでいただけて本当に嬉しいです！」

と、ダイモンはパッと花が開いたように満面の笑みを浮かべた。

（イケメンではないけど、こんな風に嬉しがられると悪い気はしないわね）

仏頂面だったデモリリの口元が初めて緩んだ。

デモリリとダイモンが店を出た少し後、大慌てのアーニャが『たそがれ』に来店した。

「レアンさん！　すみません！　今日顔合わせをお願いしていたお二人ですが」

「ついさっき終わったみたいだよ。どうしたんだい？　そんな血相変えて」

店主のレアンは水の入ったグラスをアーニャに渡す。彼女はマリーハウスの元相談者である。

二ヶ月ほど前に料理人の魚人族（マーマン）と結婚した後も、デート場所の提供を行う協力店として繋（つな）がっていた。

「い、いえ……大したことじゃないんですけど、ちょっと今日顔合わせする二人のことが気になりまして……」

　もっと早い時間に顔を出すつもりだったのだが、仕事のスケジュールが押してしまったのだ。するとレアンは納得したように頷（うなず）く。

「気まずい空気漂ってたもんねえ。男の方は緊張しきりで、女の方は半ギレみたいな顔してたし。後の方は見てなかったけど最初の印象はかなり悪いね、ありゃ」

「や、やっぱりそうですよね～……」

　悪い意味で予想どおりの結果にアーニャはガッカリした。

　もし、レアンが二人が店を出る時見送っていたのなら、アーニャに告げる言葉は変わっていただろう。店を出る時にダイモンは次のデート場所を提案し、リリスも「ま、いっか」と了承していたのだから。

「よし！　こいこいこいこいこいこいこい――――きっ！　きたきたきたきたぁ――――っ！　差せ

っ！　差し切れっ！　そこだっ！　ぶち抜けぇぇ！　フゥ〜〜〜〜‼」

ケルガが吠えるように叫ぶ。興奮し我を忘れて没頭する彼の傍らにエンリリは所在なさげに座っている。叫んでいるのは彼だけではない。

ここミイス・サーキットは全周三千メートルの楕円状のコースで多種多様なレースが行われる競技場。今行われているのは駿馬族のガチンコ徒競走ことダービーレース。十七種族の中で最も長く速く駆けることのできる駿馬族による全力疾走は観る者の血を滾らせる。それに加えて着順を予想し金を賭ける賭博が公的に行われているので、サーキットの観衆の熱気は凄まじいものであった。

「ランチを奢らせた相手の前でギャンブルだなんてどういう神経しているんだ……」

エンリリの皮肉にケルガは反応しない。呆れるを通り越して未知の生き物を見るような気分でエンリリは彼の横顔を見つめる。

熱狂が最高潮を迎え、過ぎ去る。レースの結果が出たようで観衆の反応は悲喜交々といった様子。ケルガはと言うと、

「十倍バ券ゲットだぜ！　これで食いつなげる！」

キャッキャと子供のように跳ねるケルガ。エンリリは冷めた口調で、

「良かったな。君がどういう人間なのかは大体分かった」

と告げる。

「そりゃよかった。ありのままの俺を知ってもらうなら普段の姿を見せないとね」

屈託無く笑うその顔は子供のように無垢に見えてエンリリは調子を崩す。普段、男性とデートする時は試験の採点官のように相手の内面をじっくりと見て、理想にそぐわぬ部分があれば容赦なく打ち切っていた。だが、ケルガはダメダメ過ぎて採点などする必要もない。ただぼんやりと眺めているだけなら彼の美しい容貌は見ていて飽きず、子供のような幼さも、かつて孤児達と暮らしていた頃を思い出して心地よいものであった。

「だが、感心できないな。君には借金もあるんだろ？　わざわざ金を減らすような真似をして」

「へへっ、ご心配なく。ギャンブルの収支が赤字になったことなんてないよ。キラっ☆」

「なに？」

エンリリは驚いた。それも当然。ダービーレースの仕組みは賭け金の半分を胴元が受け取り、残りの半分だけを予想を的中させた人間に山分けする仕組みだ。普通に考えればやればやるほど、賭ける側は損をしていく。しかし、そんな理屈など知るか、と言わんばかりにケルガは堂々と胸を張り、

「俺の自慢は二つだけあって、一つは親父譲りのこのイケメン。もう一つはカンの良さなんだよね。ぶっちゃけこれで金を稼がないとメシ食えないし仕事みたいなもんだよ」

と言い放つ。すると、エンリリの頭に疑問が浮かぶ。

「じゃあ、君の借金はどうしてできた？」

「あ、そこ聞いちゃう？　オーケイオーケイ。じゃ場所を変えよっか。勝ちバ券換金してからね」

ニカっと笑うケルガの笑顔に飾り気も曇りもなかった。

外れバ券があたり一面に散らばったミイス・サーキットにアーニャは立ち尽くしていた。

「ケルガさんもエンリリさんもいない――――っ！　やっぱり、ギャンブルやっているところ見せようとするなんて無茶なんですってばあああああ！」

顔合わせ場所のカフェの店員が耳にした二人の会話からこの場所にやってきたアーニャだったが、空振りに終わった。閑散としたサーキット場にアーニャの嘆き声が響く。そこに、

パシャリ。

と、カメラのシャッターを切る音がした。

「……ん？　何してるんですか？　ショウさん？」

ショウがアーニャにカメラのレンズを向けていた。

「写真撮影。おもしれえ顔してるから」

「やめてくださいよ！　こんなみっともないところを写さなくても！」

嫌がって顔を押さえるアーニャを笑うショウ。

「どんどん不良になってきたじゃねえか。仕事中にダービーレースなんて」

と笑うショウの足の裏には踏みつけられてボロボロになった外れバ券がある。

「ショウさんと一緒にしないでください。私は優等生です。ちゃんと業務のうちですから」

もっとも、他の業務をどうにか後回しにして、自分のミスを取り返すために走り回っているのは優等生のやることとは言えない。

「いいじゃねえか。龍鱗族の大英雄カコウ将軍なんかは大敗した後の泣きっ面を画家に描かせて自戒のために城に飾っていたらしい。お前もマリーハウスのロビーでこの写真を見るたびに指導係の俺に対する感謝の心が湧き上がるだろうよ」

「指導じゃなくてイジメじゃないですか！　フィルムよこせっ！」

と言ってショウの手からカメラをもぎ取ろうとする。しかし、

「おい。ケルガのヤツが女連れでいたって本当か？」

「へい！　今、オレの手下に尾行させてます！」

不穏な会話がアーニャの耳に入ってきた。

「へへへ。甘い顔してなかなかやるじゃねえか。こんなところに連れ回せるくらい手懐けた女なら体売ってでも借金返してくれるってもんだよなあ」

「良い子ぶって気に食わねえヤツだったけど所詮アイツもゲスでしたね！　グへへへ！」

「よし！　人集めろ！　女と一緒にいるところに追い込みかけてやんよ！」

見るからに堅気ではなさそうな雰囲気の男達が騒いでいるのを見てショウは顔を顰める。

「ほれ。ああいう輩もいるからあんまり女一人で来るような場所じゃ」

「だったら、ショウさんも付き合ってくださいね」

アーニャはショウのジャケットの襟を握って逃げられないようにした。

◇　◆　◇　◆　◇

一方、デモリリはミイス・ショーホールにて歌劇を観賞していた。しかし、

(私は今……どういうタイプの辱めを受けてんだ……)

と顔を真っ赤にして舞台上の演者達を眺めていた。演目は『天使リリスの落涙』。

『今から百五十年前、天使族が行った粛清という名の大虐殺を最後まで反対し続けた天使族の騎士〝リリス〟の葛藤と悲劇を描いた戯曲である。彼女は戦で手傷を負い、動けなくなったところを心ある只人の家族に救われて、「只人の、いや十七種族のヒト族の心の豊かさは普遍のもの」と主張し、神の名の下に虐殺を是とする天使族の最高意思決定機関である総監部と衝突する』

と、紹介文に書かれているが――虹色の髪を持つ看板女優エルザが、そのトレードマークを封じ、金髪のカツラを被って演じている天使リリスは、若き日のデモリリ本人である。

(彼氏に打ち明けた過去の恋バナが盛りに盛られて英雄譚になってるなんて……しかも大盛況じゃん)

デモリリの目はずっと一人の男優に惹きつけられていた。深みのある黄金の髪に浅黒い肌をした飛鳥族の美男子。舞台から遠く離れた観客席からでも分かる魅力的な見た目の彼は、デモリリのかつての恋人だった。

(あいつ出世したな~。私と付き合っている時は売れない役者というかヒモ同然だったのに)

肘掛けに頬杖をつくデモリリ。すると、ダイモンがヒソヒソ声で話しかけてきた。

「すごくドラマティックなお話ですよね……リリス様が強くて健気で」

「そ、そう？　案外お話盛ってるんじゃない？　舞台ってそういうもんじゃん？」

主人公(リリス)のモデルである彼女は弁解するような気分で答える。

「たしかに演劇ですから誇張したり、贔屓目(ひいきめ)に描かれるかもしれませんけど、本質的なところは変わらないでしょう。リリス様は立派な天使ですよ。当時、他種族をゴミのように見ていた総監部に楯突(たてつ)いてまで正義を通したなんて！」

思わず声が大きくなってしまったダイモン。周りの席の観客から睨(にら)まれて、我に返るとペコペコと頭を下げて口をつぐんだ。

（興奮するなっつーの。そんなカッコいいもんじゃないんだって。私はただ、あの時助けてくれた彼に惚(ほ)れちゃってたから粛清に反対しただけなんだよ）

天使族(エンジエル)の戒律的な暮らしから離れ、男性に世話を焼かれて過ごした時間はデモリリの人格形成に大きな影響を与えた。とはいえ、反旗を翻(ひるがえ)せるほどの覚悟もなく、最終的に彼の家族を逃がす以上のことはできなかった。

本物のデモリリよりも健気(けなげ)に華々しく大活躍する舞台上のリリスを観(み)て、ダイモンは目を輝かせている。

（アンタの憧れる天使騎士(エンジエルリツター)なんてどこにもいないんだってば……）

主演女優が歌い上げる愛の讃歌(さんか)がデモリリには空々しく聴こえた。

観劇を終え、ホールから出たデモリリとダイモン。

「いやー、面白かった！　ふと、思ったんですけど、リリスさんって今日の戯曲の主役と同じ名前じゃないですか？　関係あるんですか？」

「な……ないって！　リリスなんてありふれた名前じゃん！　悪魔族でもよく付けられる名だし！　ミイスに百人くらいはいるんじゃね⁉」

「へえ、そうなんですね。たくさん同じ名前の人がいるなんて、取り違えたりしそうで大変ですねえ」

シッシッシ……と嚙み殺すように笑うダイモン。爽やかな笑顔ではないが、ずんぐりとした体を震わせて笑う姿は愛嬌のあるものだった。

しかし、デモリリが笑みを返そうとしたその瞬間、

「リリ！　リ、リリなんだろ⁉」

自分の愛称を呼ぶ声に彼女は振り向いた。そこにいたのは先の舞台に立っていた元恋人だった。慌てて走ってきたのか、シャツから覗く形の良い大胸筋は汗ばんでいて色気が立ち上っていた。

「キャメロン……」

久しぶりに再会した相手の名前を呼ぶデモリリ。その表情と声にはダイモンには向けなかった甘い空気が漂っている。

「まさかご本人に観ていただけるとは思わなかったよ」

「……私も、まさかあんたがこんな大きな舞台に立てるなんて思っていなかった。出世したじゃん」

二人の間に親密さを感じ取ったダイモンは勇気を出して尋ねる。

「あの、この方はさっきの劇団の役者さんですよね？　お知り合いなんですか？」

ダイモンの問いにデモリリは言葉を詰まらせる。気まずそうな彼女と見た目は良くないが純朴そうな連れの男を見比べて、キャメロンは失笑する。

「ええ、そりゃあもう。彼女のことはよーく知っていますよ。下手すりゃ親兄弟よりもね」

その言葉は暗にかつての恋仲をチラつかせるものだった。「むぅ……」と唸るような声を漏らしてたじろぐダイモンを見て、デモリリは胸がチクリと痛み、刺々しい言葉でキャメロンに返す。

「なに。わざわざそんなことを言うために駆けつけてきたワケ？」

「いやいや。男連れで来てるみたいだから忠告してやろうと思って……随分趣味が変わったみたいだね。いや、いいことだと思うよ。顔しか取り柄のない男に入れあげて、飽きたら捨てるみたいなことを繰り返していては幸せになれないからさ」

含みを持たせたキャメロンの物言いに、スッと場の空気が冷え込んだ。ダイモンは細い目を見開いてデモリリを見やる。彼女の頬は青白み、震えていた。

「やめてよ……こんなタイミングで……」

「タイミングが悪いのはお互い様だろ。台本を書き上げてこれから公演を打とうって時にほっぽり出しやがって。ま、おかげで今の奥さんに見初めてもらえたから結果オーライだけどさ」

キャメロンの言うとおり、デモリリは一時期ヒモ同然のキャメロンを家に住まわせていたことがある。舞台のことはよく分からないが、顔の良い彼と過ごす毎日はそれなりに充実したものだった。しかし、ロクに収入がない上にメシ代だのアシ代だのと言ってお金をたかってくる彼に嫌気がさして別れを切り出した。その後も似たような失敗を繰り返したデモリリは、異性との付き合い方を改めようとマリーハウスに登録したのだ。

「良い舞台だったろ。お前の武勇伝は手切れ金代わりに頂いとくよ。へへっ」

デモリリはキャメロンの魂胆を察して俯く。

(コイツは自分の才能を理解せず放り出した私の愚かさを分からせたくてしょうがないんだ。『子供を救い損ねれば英雄を一人失う』的な顔をしてほしいんだろう。絶対しないけど)

なお、『子供を救い損ねれば～』とは、天使族の故事成語。『逃した魚は大きい』とほぼ同義である。

逃げる相手を追いかけるようにキャメロンは腰を曲げて、俯くデモリリの顔を覗き込もうとした。しかし――

「彼女への侮辱はやめていただこう」

ズイッとダイモンが二人の間に割り込み、キャメロンの胸ぐらを掴んだ。短い腕に持ち上げられキャメロンは慌てふためく。

「て、テメエっ！　何しやがんだ！」

叫びながら胸ぐらを掴み返そうとしてダイモンのシャツのボタンを飛ばしてしまう。するとシャツの合わせから鋼のような大胸筋が現れた。キャメロンもデモリリも思わず目を見開く。服の上からでは小太りのように見えていたがその実、はち切れんばかりの筋肉を纏った剛猿のような筋肉質体型だったのだ。

「おやおや、服が破れてしまった。オーダーメイドで高級品なのに。弁償させられたくなかったら、今すぐこの場から去りたまえ」

ダイモンの迫力にキャメロンは完全に戦意喪失して、逃げるようにホールに戻っていった。

ダイモンは乱れた服を直し、

「やれやれ……良い舞台も役者の素行がアレでは感動が台無しですね」

努めて朗らかな笑顔を作ってデモリリに笑いかける。そのことが余計に彼女をいたたまれなくさせた。しばしの沈黙があった後、意を決したように彼女はダイモンに向き直り、

「やめろよ……そっとしておいてあげよう、みたいな顔。逆にムカつくわ」

「えっ……ああ、すみません」

ダイモンは反射的に頭を下げた。キャメロンに啖呵を切った時とは大違いの卑屈なまでの腰の低さにデモリリはため息を吐いた。

「これでデートはおしまい。じゃあね」

「えっ！　あの……その……」

モジモジして言葉を続けられないダイモンに腹を立てたデモリリは言う。

「思ってることがあれば言いなよ。それすら言えないなら、これ以上一緒にいる意味なくない？」

その言葉にハッとさせられたダイモンは気合を入れるように自分の胸をドン、と叩き、

「本当は……あなたのことをもっと知りたい、って思っています」

と自分の気持ちをまっすぐに伝えた。

陽が沈む頃、エンリリはケルガに連れられて丘の上の公園にたどり着いた。
街灯はなく、道中で酒と一緒に買った蠟燭に火をつけて立て、それを灯りにして二人は向か

い合って座った。

「店で飲んだら一杯飲んで終わりだけど、ここでなら一瓶飲める。俺のお気に入りの酒場さ」

と言ってケルガは赤いワインの入った瓶のコルクを抜いてひと口呷るとエンリリに渡した。

他人が口をつけたものくらいは平気だが、目の前の美貌の青年の唇が触れたと思うと、途端に緊張してしまうエンリリ。

そんなウブな仕草をケルガは尊ぶように微笑む。

「リリスさん、あんたは真面目で良い人だ。だから変な男に引っかかったらダメだよ」

「私の人生で出会った中で最も変な男に引っ張り回されて今まさに二人きりなんだが」

「グサっ、ショック〜〜」

そう返すとケルガは膝を打って笑った。気持ちがほぐれたエンリリはワインをラッパ飲みした。

「……で、俺の借金のことだけど接待酒場って知ってる？」

「ああ、娼婦のように体の関係は持たないが、女と酒を飲んで楽しむ男向けの店だろう」

「うん。それが一般的な接待酒場だけど、俺の働いていたところは性別が逆の店だな。男と酒を飲んで楽しみたい女のための店だ。ご覧の通り、オヤジ譲りのルックスで女にはモテるからね。金払いが凄いって聞いたから喜んで働き始めた。ミイスに来て間もないころだね」

たしかに顔のいい男と向かい合って飲む酒は美味い。とエンリリも店の需要に納得してうなずく。

「でもまあ、割と早い段階で足を洗ったんだよ。近所の酒屋で仕入れた普通のワイン一本が昼間真面目に働いている女の子の給料一月分とかするんだもん。その店に通う子って最初はちゃんとした身なりだったのに娼婦らしい格好するようになったり、ヤバそうな仕事に手を出して身を持ち崩したりばっかで……見てられなくなってね。ただ、足洗う際にお客のツケを全部背負わされちゃったんだよ。しかも取り立てに行った女の子に保安隊の恋人ができててさ、ツケ払ってもらうどころかぶん殴られて留置場放り込まれるし。こうやって借金まみれで逮捕歴ありのケルガくんが出来あがっちゃったってワケ」

ミスったミスった、と笑うケルガの表情には怒りや悲しみの影はない。むしろ聞いていたエンリリの方が苛立って拳を握りしめた。

「無茶苦茶だ！　君だってそんな金払う必要ないぞ！　ちゃんと訴えろ！　公の力に頼れ！」

「アハハ、リリスさんは本当に面倒見が良いなあ。死んだ母ちゃんみたいだ」

「お亡くなりに……なられたのか？」

「一年ほど前にね。いつかは金貯めてミイスに呼んでやりたかったんだけど間に合わなかったんだわ」

　市役所の福祉局に勤めるエンリリはミイスの移民法について熟知している。短命種である獣人系の種族における高齢者が住民となるには高額な移民税が必要となる。ミイスの老齢人口を抑制するために取られた苦肉の策だがケルガ親子はその煽りを受けた。

「そのために無茶な仕事をやろうとしていたのか？」

ケルガはうなずき苦笑する。

「金貨に描かれた女神様に美人もブサイクもない、って言うけれど、やっぱ母ちゃんのためとはいえ、悪い仕事やるのは無理だったんだよね。おかげで天涯孤独。誰に迷惑かけるでもないなら借金返しつつ、ギャンブルして宵越しの金を持たない暮らしも悪くないもんよ」

エンリリは自分の見立てが大間違いであったことに気付いた。ケルガはいいかげんで生活能力の低い男ではあるが、その根っこにあるのは親を失ってしまった孤独だ。誰も背負わない者は誰かのために頑張ることもできないということを彼女は知っている。だから、

「君には、救済が必要だよ」

借金とか仕事とか目先のことではない。もっと根本的に彼の生き方を変えるような救済が

――――


「酒場で出会ったオッサンにも似たようなことを言われたよ。それでマリーハウスに登録したんだ。へへ、借金のこととか全部書いたから誰も相手にしてくれなかったけどね」

そりゃそうだろう。事情を知らなければ顔がいいだけで中身のない借金男以外の何者でもない。ああ、だからこそ、あのアーニャという秘書係は私とコイツを引き合わせたのか……

と、アーニャの紹介ミスを明後日の方向で好意的に解釈したエンリリは、ワインを飲み干してケルガに告げる。

「私は厳しい、と同僚からも言われる。子供達からも怖がられていた。だから……優しくするのは上手くない」

青白い頬が赤く染まるのは酒精のせいと、慣れない告白の緊張や照れのせい。それでもエンリリは一歩踏み出した。

「それでも良かったら……私と付き合ってみないか？　私は君を救い上げるし、君は私を理由に頑張って……自分を幸せにするために生きるんだ」

交際の申し込みとしては無骨に過ぎる感がある言葉だが、エンリリのありのままの気持ちだった。

見目の良い男が好き。そんな男を連れて歩くと人々が羨んで、自分がこの世界における幸せを謳歌できていると思えたし。

でも私は幸せになるどころかフッた男に見下され、初対面の男に憐れまれているワケで。

私は身も心も清い天使様なんかじゃないし。奉仕の精神で娼婦をする同胞とは違い、快楽や自分の利益のために男と寝たり、上手くいかなかったらポイ捨てしたりもする。それを悪びれず繰り返してきた、ただのアバズレ。

　川沿いの遊歩道に置かれたベンチに座り込んで、デモリリはダイモンに過去の所業を告白した。キャメロンの見てくれに釣られて言いように扱われていたことや、似たようなことを繰り返してきたことを。戯曲に描かれる天使とはかけ離れた欲塗れの女であると自虐した。

　ダイモンは彼女の言葉を全部呑み込んで、真摯に言葉を返す。

「あんな男の言葉に傷付かないで。だいたいなんですか？　結局あの男はあなたの心につけ込んで金を集っていただけじゃないですか。そりゃまあ、他人の美醜をあげつらうのは品のいいことではありませんが、それでもあの男はあなたの期待を裏切ったんですから」

　細い目に義憤の涙を浮かべながらデモリリを擁護する。それが余計に鬱陶しくてデモリリは突き放すように言葉を発した。

「なんでアンタはそんなに優しいんだよ……今日会ったばかりで私のこと何も知らないじゃん。そんなに私の見た目が好み？」

「あなたが美しいことは否定しません。正直、今日お会いした瞬間、こんなに美しい人を紹介するなんてマリーハウスは酷いことをしてくれたもんだ、と歯嚙みしましたよ」

「へ？　なんで？　綺麗な方がいいじゃん。男なんて女のことを顔か胸でしか見ないもんだし――」

「だって不釣り合いですから……私は自分の見た目がマズイことを自覚してます。それを補おうといろいろしてきましたけど、やっぱり綺麗な人は苦手です。見下されるのも嫌だし、周りから好奇の目で見られるのも、浮気の心配だって……」

だんだんか細くなっていくダイモンの声を聴いていると、彼がどのような仕打ちを受けてきたのか見て取れるようだった。

生まれ育った家とは関係なく、実業家として成功していることも、鍛え上げられた鋼の筋肉を纏っていることも、彼が自分のコンプレックスに対して立ち向かった結果。そう考えるとますますデモリリの心は揺れた。

「アンタは素晴らしい人だよ。私が言うのもなんだけど、アンタみたいな人が大好きな人はたくさんいるから……私なんかに関わらなくていい」

名残惜しさを振り払うように勢いよく立ち上がるデモリリ。しかし、ダイモンは彼女の手を握って引き留めた。初めて見せた彼の強引さに驚くデモリリに乞うようにダイモンは告げる。

「私は、とても怖いです……リリスさんに見下されることも、好きになってもらえないことも。でも、私が怖いかどうかなんて我慢します。だから……私との交際を考えてくれませんか？」

意外な申し出にデモリリは戸惑った。

「私なんかの何がいいの？　飽きっぽくて面食いで気分屋で、ホントロクでもないよ！」

「私が！　あなたを笑顔にしたいと思ったから！　何が良いとか悪いとかじゃないんです。そう思ってしまったんだから……」

デモリリはその言葉に衝撃を受けた。恋を始めるには顔や金や性格といった条件を満たすことが必要だと思っていたから。だけど、ダイモンはデモリリを笑顔にしたい、という気持ちが先にあって条件なんて気にも留めない。むしろ相手を値踏みしていた自分が恥ずかしくなるくらいに彼が眩しかった。

「そーゆー……恋の始め方もありなのかなぁ……？」

まだ自信が持てない。でもたしかに言えるのは、目を背けたくなるほど醜かったはずのダイモンの顔からデモリリは目が離せなくなっていたことだ。

◇　◆　◇　◆　◇

エンリリとケルガが心を通わせあっている頃、ガラの悪い男達が彼女達の元に向かっていた。

「こんな辺鄙なところに女を連れ出すなんて……へへっ、お召し上がりになってくださいと言わんばかりだぜ」

「ケルガの野郎もなかなか気が利くようになりましたねぇ！　いやあ楽しい仕事だ！」

下劣な欲望を滾らせる男達。しかし、それに水を差すように、

「そうでゲス！　そうでゲス！　モテない、カネもない、ゴミムシどもが女抱くにはこんなやり方しかないでゲス！　ゲーッスッスッスッス！」

男達の集団に紛れていたショウが小馬鹿にして笑った。

「な、なんだテメェ⁉　どこから湧いてきやがった⁉」

「小悪党に名乗る名前と見せる顔は持ってねえでゲスよ。口封じのために殺しなんてまっぴらごめんでゲス」

言葉どおり、自分の正体が露見せぬよう声音も口調も変え、姿は夜の闇に隠している。

「ふざけてんじゃねえぞ！　こっちは殺しなんて慣れっこだぜえ！」

そう言って男達はショウに襲いかかろうとした。だが、それよりも早くアーニャは男達の背後に近づき、襲いかかった。戦闘訓練を受けたわけでもないチンピラが束になったところで、野生のモンスター相手に素手で狩りをしていた彼女にかなうわけもなく、あっという間に全員が叩きのめされた。ショウはかろうじて意識を留めているリーダー格の男を踏みつける。

「お前、写真って知ってるでゲスか？」

と言って、男の顔のそばでマッチの炎を灯す。人相の悪い顔が照らされた瞬間、パシャリ、とアーニャがカメラのシャッターを切った。

「この写真と一緒にお前らがやろうとしていたことを通報するでゲス。保安隊か？　歓楽街仕

切ってるコワ～イ人たちか？　嫌な方を選んでやるでゲス」

「や、やめてくれ！　それだけは！」

「だったら二度とケルガには手を出すなでゲス。イヤなだけで殺しは得意でゲスよ」

ショウはそう脅すと、ボロボロの男達を無理矢理立ち去らせた。


「口ほどにもねえなあ、でゲス」

タバコを吹かして呟くショウ。アーニャはジトーっとした目で見つめ、

「ショウさん、一切戦ってないじゃないですか」

と文句を言った。

「だって俺は平和主義者だし、喧嘩も弱いもん。俺のアバラ折ってるアーニャちゃんなら分かるだろ？」

「もう忘れてくださいよ……てか、それにしては詰め方慣れてやしません？　普段からこういうことやってるんですか？」

「まさか。こんなの初めて……コワくてちょっとイタイけど、とっても気持ち良いのね♡」

「気っっ持ち悪いなあぁっ！　話しかけないでくださいっ！　ゲスっ！」

アーニャはショウの尻を蹴飛ばした。

◇◆◇◆◇

数日後。人狼族のケルガがマリーハウスにやってきた。

怒られる覚悟をしていたアーニャだったが、ケルガは交際の開始を報告するとともに感謝の言葉を告げた。肩透かしをくらったアーニャに向かって畳み掛けるようにケルガの惚気話が続く。

「エヘヘへ……昨日、リリスさんの家に引っ越したんだぁ。白くて綺麗な家でさあ。服を脱ぎっぱなしにしたり、食べカスを落としたら叱られてねえ……」

「だ、大丈夫なんですか？」

「うん。めっちゃしあわせ。借金のことも弁護士通してなんとかしてくれたみたい。でも、これからはお金を大事に考えなくちゃいけないからおこづかい帳つけるよう言われてるんだ」

ヘラヘラと笑いながら小さなノートを見せるケルガ。

（上手くいったのならこっちとしてはありがたい話なんですが……本当にこんな子どもみたいに頼りない人で良かったの⁉　エンリリさん⁉）

と、そこにいない彼女に向かって問うアーニャだった。

同じ日に天使族のリリスことデモリリもマリーハウスを訪れた。

デモリリもダイモンと交際を開始した。面食らったアーニャは、ダイモンの財産目当てではなかろうか、と探りを入れてみたがそれは杞憂だった。

初めて女の悦びを知ったのだと、赤裸々にダイモンと深まる仲について語り聞かせるデモリリは終始上機嫌だ。

「やっぱり、女の幸せって愛されることだよね～！」

「あ、愛されているんですか？」

「うふふ、おしえなーい！　夜のダーリンの逞しさを知って良いのはワタシだけ！」

「（そんなこと聞いてない……）よ、良かったですね！　ダイモンさんはああ見えて誠実だし品もあるし稼ぎもいいし」

「ちょっと……うちのダーリンのことをそんな俗な物差しで語らないでくれる？」

冷たい目で威圧してくるデモリリにアーニャは閉口した。

営業時間が終わった後、アーニャは執務室内でデモリリとダイモン、エンリリとケルガの交際が始まったことを記録につけている。

「一時はどうなるかと思ったけど、結果オーライ♪　好みと本当に自分が欲している相手がかけ離れているって、案外自分のことって分からないものなんだなあ」

「ふ――――ん。アーニャもなかなか人間の考察が深まってきたじゃないか」

「ギニャッ⁉　しょ、所長⁉」

いつの間にか背後に立っていたドナに慄くアーニャ。スッとドナはアーニャの眼前に広げてあった紹介シートを拾い上げる。

「へえ、意外な組み合わせだな。面食いのデモリリに見目の悪いダイモン。他人に厳しいエンリリにだらしないケルガ。常識的に考えれば紹介しないだろう。まるで取り違えたみたいだ」

ギクリとして体を強張らせるアーニャ。

「そ、それは私の天性の鋭い直感がアジャストして」

「ところでショウからとても可愛いものをもらってな、見たまえ」

ドナはスッと手品のように写真を一枚取り出した。そこに写っていたのは、ミイス・サーキットで嘆いているアーニャの写真だった。

「就業時間中に無邪気にギャンブル遊びとは、可愛くて仕方ない」

真っ青になったアーニャはしどろもどろになりながらも誤魔化そうとする。

「ち、違うんですよ！　ダービーレースを観たかったんじゃなくて、エンリリさんとケルガさんを追っていて」

「ふーん、心配性なんだな。直感があじゃすと？　したんじゃないのか？」

「そ、それはですね――――」

バンッ！　とドナは机を叩き、見る者全てを蕩かすほどの甘い笑みを浮かべ囁く。

「おはなししてくれるか？　嘘偽りなく、な」

この後、アーニャはメチャクチャ絞られた。

◇　◆　◇　◆　◇

「ううう……くそぉ、ショウさんめぇ……やっぱりカメラごと破壊しておけばよかった」

「まあ、アーニャちゃんも真面目ねぇ。写真なんて喋ってることが聞こえるわけじゃないんだから適当に誤魔化せたのに」

ドナに問い詰められたアーニャは仕事サボリの疑惑こそ晴らしたが、二人のリリスを取り違えたことについては白状する羽目になった。結果としては塩漬け状態になっていた相談者が結ばれたわけだが、確認を軽視し、ミスを報告もせず揉み消そうとしたことは問題だ、とドナにこっぴどく叱られたのだった。

「元はと言えばエメラダさんが紛らわしいあだ名つけるから！」

噛み付くようにエメラダに文句を言うアーニャ。自分ばかり怒られてエメラダが怒られていないのも気に食わない。

「叱ったら伸びるってアーニャちゃんのことを買っているのよ。今だって同じミスを繰り返さないように業務改善案を考えているでしょ？」

「良い案が出なければロビーにあの写真貼るって所長が脅すんですもん……グスン……」

と、ベソをかく素振りをするが、キチンと「紹介シートに相談者の顔写真をつける」という改善案をまとめつつあった。取り違えのリスクを下げつつ、必要に応じて相談者に見せることでミスマッチを避ける狙いもある一石二鳥の業務改善だ。

「でもこれじゃあミイス・フォト・グランプリは取れないよなあ……」

「みいす・ふぉと・ぐらんぷり？　なにそれ？」

ふと漏らしたボヤキにエメラダが食いついたのでアーニャはハルマンの企画について説明した。すると、エメラダは処分しようとしていた書類の山の中から一冊の書類を引っ張り出す。その表紙に書かれている文字をアーニャは読みあげる。

「『マリーハウスの目指す結婚を知ってもらうための雑誌の出版！』……これって企画書、ですか？」

「そうそう。マリーハウスができたばかりの頃、所長に『案を出せ』と言われてね。私、文章を書くのは好きだからこういう形なら実力を発揮できるかな？　って」

「へぇえ！　良いじゃないですか！　これって出来上がった本があるんですか？」

アーニャの問いにエメラダは申し訳なさそうな顔をした。

「無いわ。結局、企画倒れになっちゃったのよ。いくらミイスの識字率が高くても文字だらけの本を気軽に読もうとする人は少ないから」

もったいない、とアーニャは企画書を読みながら惜しんだ。エメラダがサンプルで書いた文章は巧みだった。流麗かつ簡潔にマリーハウスの目指す結婚のあり方を記している。それでいて、話をいろんなところに拡げ、読み手が飽きないように心配りがされていて、人を惹きつけるだけの筆力があった。

「たしかに文字だらけの本って、読むまでのハードルが高いですよね。もっとパッと見で分かるのなら――あっ！」

アーニャとエメラダは顔を見合わせ、

「「写真だ（よ）！」」

と声を揃えて言った。

アーニャは「写真をふんだんに使った結婚情報誌を作りましょう！」とドナに進言した。怒られて少しはしおらしくしているかと思いきや、ワクワクが止まらない様子のアーニャにドナはあきらめるように「好きにしろ」と言って企画を一任した。

とは言え、ドナも満更ではない。マリーハウスに来た人間には新しい結婚の価値観を啓蒙できる。だが、来ない人間には届けられなかった。本ならマリーハウスの門をくぐるよりお手軽だし、新規顧客も期待できる。

「それにエメラダの最後のお務め……それを形で残せるのは素晴らしいことだからな」

所長室の執務机でドナは感慨深そうに呟く。彼女の側に立つエメラダは「うんうん」と頷いた。普段と比べて距離も近く砕けた態度でお互いに接している。それは二人が長い付き合いであることを示していた。

「良い子が入って良かったわね。私よりもずーっと仕事できそうだし」

「まだまださ。精神的に未熟だし、どうも危なっかしい」

「だから昔の自分を重ねてショウくんをつけてあげたワケか。なるほどねぇ」

ニヤニヤするエメラダにドナは顔を引き攣らせる。

「別にそういうつもりでは……」

「あれでショウくん面倒見いいから。うっかりアーニャちゃんが惚れ込んじゃったりして」

「そ、そんなことあるわけないだろう！　あんないい加減でいつも酒と女の匂いを漂わせている貧弱な只人なんて誰が好きになんて！」

掌の上で転がすようにドナをからかうエメラダ。彼女の方がドナ自身よりもドナの気持ちを理解できているところもある。

「うんうん。彼の良さは自分だけが知っていたいよねぇ。分かるわぁ。でも、ショウくんって娼婦相手にもモテるのよ。金払いは良いし、遊び方も豪快だけど、どことなく上品で優しいというか。あなたが思うより競争率高いわよ」

エメラダの言葉にドナは動揺を隠せない。

「わ、私は別にあいつが誰とどう生きていてもかまわないんだが……」

「ハイハイ。分かってる分かってる。とはいえ他の女に取られて、ショウくんが構ってくれなくなるのは嫌でしょう。ちゃんとすぐ近くに極上の女の子がいるってことを意識させておかないと」

と言って、エメラダは包みをドナに渡す。

「最近、ミイスの女子の間で流行ってるのよ。物販に加えても売れると思うわ。試しにどうぞ」

ドナは不審物を開けるかのようにそっと包み紙を外し中身を確認する。そして、

「……ま、まあ、お前のプレゼントだったら無駄にしちゃダメだな！　物販に加えるなら試すのも仕事のうちだし！」

「うふふ、そうそう」

わざとらしい声を上げるドナをエメラダは優しく見つめた。

ミイス・ショーホールにて『天使リリスの落涙』は無事千秋楽を迎えた。評判も上々で演出・脚本家であるキャメロンや主演女優のエルザの未来は開け、華々しい成功が約束されている――と誰もが思っていた。

薄暗い路地裏にてキャメロンはある男とコッソリ会っていた。小人族で目つきが悪く、口の歪みや張った頬骨がいかにも小悪党らしい顔をした男だ。ノミやシラミが湧いていそうな不潔な服を纏った彼と、姿を隠すように暗い色の服を着て帽子を深く被っていても立ち姿の美しいキャメロンが並ぶと落差がある。

だが、キャメロンは懐から出した白金貨を悔しそうに男に差し出す。男はニヤリと笑って受け取ると一枚の写真を渡す。その写真に写っているのは連れ込み宿に入っていくキャメロンとエルザ。二人の手は絡み合うように繋がれていて男女の関係を持っていることは明白だった。

「おい……フィルムの方を渡してくれるんじゃないのか？」

「ヒヒッ、そんなことをしたら俺たちの関係が終わっちまうじゃないですか。今をときめく劇作家のキャメロン様とは末長くお付き合いしたいんで」

「チッ……！　出せる金はもう無いぞ。この金だって妻に頭を下げてようやく引っ張ったんだ」

「別に金じゃなくても良いんですよ。それに代わるものがあれば。たとえば……エルザ様を一晩貸してもらうとか」

「テメエっ！」

キャメロンは男の胸ぐらを摑み上げた。しかし、男は怯えもせず舌舐めずりして挑発的な笑みを浮かべる。

「ま、考えておいてくださいよ。減るもんじゃないし、浮気相手なんてキャメロン様ならいくらでも見つかるでしょう」

気圧されたようにキャメロンは手を離した。

「次の公演が決まったら教えてください。最前列で観させていただきますからね」

そう言って男はキャメロンに背を向けて歩いていった。

男の名前はターコイズ。ミイスの街で記者をしている。もっとも、新聞社に勤めているわけではなく、売れそうな記事を書いては会社に売り込みをかけるフリーランスの記者だ。記者と言えば聞こえは良いが新聞社からは使い捨て扱い。その日暮らしの身分だ。

「文明の利器とやらを手に入れても、やることは然程変わらねえな……」

ハルマンのカメラ披露会には多数の記者が招待されていた。ターコイズもその一人で、フォト・グランプリで優勝してひと山当てようと目論んでいたが、いざ始めたことは写真を材料にした強請である。写真を動かぬ証拠とすることでゴシップに信憑性を持たせる。ある意味、これまでの報道に革命を起こす手法なのだが、ターコイズは価値を感じていなかった。

もっと俺に力があれば他人を踏み躙り、恐れさせ、金も女も好き放題にしゃぶり尽くせるのに！　と、慢性的に満たされない欲の疼きに苛立っている。それが性格や顔に出て今のターコイズを形成した。

「まっ。良い金蔓も見つかったワケだし、パーっと遊ぶか」

と、開き直り、お気に入りの娼館のある方角に足を向けるが……

ゴツッ!!

ターコイズの後頭部に硬くて重い何かが叩きつけられ、意識が遠のいた。

「死ねっ！　クズ野郎っ！」

「バ、バカ！　殺しちゃダメだ！」

自分の頭の上で何やら言い合う言葉が聴こえたが、飛んでいく意識を繋ぎ止めることはできなかった。

話は変わるが、この世界には魔力を利用して現象を引き起こす魔術、身体能力や体内の気を利用して魔術さながらの現象を引き起こす武技という特別な力がある。

特別ではあるが、これらは才や鍛錬によって習得することができ、使えない者が大多数とはいえこの世界の常識の内側にある力だ。

そんな世界でも異能とされる特殊能力が『グレイス』――神の恩寵とも称されるこの能力の発現条件は不明で、その能力も千差万別。理論的制約から解き放たれたそれらは、時に世界のあり方すら変えてしまう。

今、何者かの襲撃によって昏倒しているターコイズの脳内に流れ込むのは、この瞬間に彼が賜ったグレイスの情報。

発動方法、効果、持続時間、効果範囲、連続使用の可否……そのグレイスを使うために必要な情報が記憶としてではなく、感覚に刻みつけられる。

目を開けたターコイズはフラフラと立ち上がり、壊されフィルムが抜き取られたカメラを拾い上げる。

彼は既に自身のグレイスの詳細を把握した。そして、この異能でやれることを考えて邪悪な笑みを浮かべた。

Chapter 3 エメラダの引継ぎ　男をダメにする女編

マリーハウスの最上階に所長室とドナの居住スペースがある。

居住スペースと言っても、食事や掃除、洗濯といった家事にまつわることは全て外部のサービスに任せているため、寝ることと着替えることくらいにしか使われていない。職場と住居の境界線を引かないことにショウは批判的だったが、それでもドナはこの造りを選んだ。彼女にとってマリーハウスは職場であると同時に帰る場所でもあるからだ。自分の夢を叶えるために造った建物で、自分が信頼している人々が働く場所。心の拠り所と言い換えることもできるだろう。

コンコン、とドアがノックされると同時に、無遠慮にノブが回された。鍵はかけていないが、ドナの部屋に無断で入る勇気のある者は一人しかいない。

「よう。たまには飲もうぜ」

ショウがワインを持ってやってきた。ドナは寝室の扉の向こうから「ああ」と短く返事を返す。ショウは勝手知ったる調子で食器棚からワイングラスを取り出すとテーブルに並べて、家主を待つ。

「もしかして、寝るところだったか？　だったら」

「遠慮は無用だ」

寝室の扉が開き、現れたドナは普段のドレスとは趣の違うナイトドレスを纏った姿だった。

「お前……なんだ？　その格好？」

「ああ、今度から物販で扱う女性ものの寝巻きだよ。エメラダが使ってみて良かったから是非置くべきだ、って」

「……サカってるカップルの考えそうなこった」

明らかに二人で眠る夜を熱くするための装備品である。

オフショルダーで胸元が大きく開いている上に、裾も太腿のかなり上の方にあって、ドナの体の半分以上が露わになっている。柔らかく薄い生地は裸よりも淫らに、魅惑の肢体の輪郭を浮かび上がらせていた。ショウから普段感じない類の視線を感じたドナは、

「ど、どうだ？　感じたことをそのまま言って……かまわないんだぞ？」

と少したどたどしく尋ねる。するとショウは髪を掻きむしりながら、

「露出魔一歩手前だった魔王時代を思い出す」

「当時そんなふうに思っていたのか⁉　お前っ！」

ドナは顔を真っ赤にしながらショウに詰め寄った。

●　○　●　○　●

ミイスで暮らし始めることになった時、ベルトライナーはデモネラに、

「俺のことはこれから『ショウ』って呼んでくれ。元々、こっちの名前だったんだ。仕事の都合であっちの名前を使ってたんだけどさ」

「ショウ……」

デモネラがおうむ返しするようにその名を口にすると、ショウは嬉しそうに頷いた。

「じゃ、お前はどんな名前を名乗る？　さすがにデモネラの名前は目立ちすぎるからな」

そう言われてもデモネラには出てくる言葉はなかった。封印中、延々と後悔と反省を繰り返し精神が摩耗していたことに加え、生きる理由を見出せなかったからだ。

「……別にいい。誰かに私の名前を呼んでもらう必要などないのだから」

拒絶の態度を見せたデモネラに、ショウはそれ以上言わなかった。

建設ラッシュが続くミイスの街の中に小さな家を借り、ひっそりと二人の暮らしが始まった……のだが、

「たっだいまぁ〜〜〜ん！」

「………………」

いつも夜が明けようとする時分にショウは酔っ払って帰ってくる。建設途上の街にさほど盛り場は無いにもかかわらず、毎晩飽きもせず飲み歩いている。酒の匂いに混じり、女の残り香が彼の肌にまとわりついていることに呆れはするが、そのことにデモネラは特段の感情を持たなかった。

玄関先で寝込んだショウの足を持って引きずり、彼の寝室に投げ込んで扉を閉めて、

「本当にお前にはガッカリだ」

と悪態をつく。その一方、ショウを軽蔑しながらも彼が虜になっている酒というものの味に興味が湧いていた。とはいえ、人目を恐れる彼女には酒を飲みに行くという発想はなかった。

そんな彼女の内心を知ってか知らずか、ある日、ショウが酒と食べ物を大量に持って帰ってくるとそれらをテーブルに並べた。

「たまにはお前と飲もうかと思ってな」

と、笑いかける。デモネラはこれ見よがしに嫌そうな顔をした。なのにショウは上機嫌だ。

「いいじゃん。ようやく表情が出てきた」

「は？」

「封印解いてからずーっとお前、鉄仮面を着けたみたいに表情死んでたからな。引き攣った顔ですらスマイルみたいなもんだ」

自分のだらしない口元を指で持ち上げる仕草をして笑いかける。

「ハッ、何を馬鹿なことを」

「酒瓶を見た時、ちょっと目が輝いた気がしたんだが？　俺の気のせいか」

ショウの指摘にドナは戸惑いながら自分の目を何度も擦った。

「酒もろくに飲んだことないお嬢様にはこれくらいが良いかな」

と言って、ドナのグラスの半分にも満たない程度にワインを注ぐ。

「じゃあ、デモネラが初めて嫌そうな顔を見せた記念に！」

「……くだらない」

悪態を吐きながらワイングラスを合わせる。

ショウが一気に酒を飲み干したのを見届けてデモネラはワインに口を付けた。亜神であったデモネラに飢餓という概念はない。空腹感はあるがそれも封印中に麻痺してしまった。食事を必要としないのだ。だからこそ舌の端に乗った程度のワインに頭が痺れるほどの美味を感じた。

「………」

無言でワインを舐めるデモネラに、ショウは尋ねる。

「それが美味って感覚だよ。思い出したか？」

デモネラはついに自らショウに尋ねる。

「お前は、なんなんだ？　私を殺さなかったり、封印を解いたり……一体何がしたい？」

「酒飲んでねーちゃん抱いていたい」

「ふざけてるのか？」

自分の問いにふざけた態度で返されて一気に殺気だったデモネラにショウは慌てて首を振る。

「待て待て待て！　いや、これにはワケがあるんだ！　戦争が終わったら無理やり帝位につけられるし、戦後処理やら復興事業やら押し付けられるし、そのくせ帝位継承権を持つ本来の帝族連中から命狙われまくるわで疲れ果てたんだよ！　もう自分の欲望の赴くままに生きたっていいだろ⁉」

「くだらない……というかそんなこと、皇帝をしながらでもできるだろう」

「寝室に何人見張りがいると思ってんだ？　回数から体位まで記録されながらの世継ぎ作りなんて楽しめねえよ。平民上がりだぜ、俺」

人類王ベルトライナーが只人代表として新世界会議の円卓に座れたのは、彼が神聖エルデイラード帝国皇帝という只人最大の国家の長であったためにほかならない。そして、平民だった彼がその座に就けたのは魔王デモネラ討伐を成し遂げたからだ。

「良いのか？　私を生かすどころかこんなに早く封印を解くなんて。蟲人族の寿命すら来ていない。民草に知られればお前達の権威も失墜する。それどころか、私を担いで再び戦争を起こすことだって……」

デモネラは解放されてからずっと抱えていた疑念をぶつけた。するとショウはどうでもよさそうに、

「そん時はそん時だ。お前は、あの悪趣味な封印から解放されてラッキー！　くらいに思ってりゃいい」

と笑い飛ばし酒を呷る。デモネラは呆れたようにため息を吐き自嘲気味に語る。

「理解に苦しむ……どうしてそこまでする。こんな大罪人に情けを掛けることが新しい時代の正義とでも？」

「そんな曖昧なもんでもねえさ。でもそうだな。正義と名づけるのなら俺個人の正義だよ」

グラスの中の酒を弄ぶように指でかき混ぜながら、少し目を伏せてショウは喋る。

「俺はさ、お前さんのやったことを間違ってると思いきれなかったんだよ。戦争を終わらせたいと願ってた人間はたくさんいた。ただ、みんな力がなかった。自分や自分の家族、仲間、同胞……手の届く範囲ってのは人それぞれ限られている。お前さんはその手があまりに大きくて

この世界を包めてしまった。だからこの世界のすべてを手に入れて、その上で平和な世界を作ろうとしたんだろ。結果としてこの世で最も多くの命を奪った魔王になってしまったが、それでもお前さんがやったことは今の平和の礎となった。なのに、すべての罪をかぶってもらってその上、永遠に闇の中に沈めるだなんて夢見が悪いったらねえよ。俺の威光が残ってるうちに救っておかなきゃいけないと思った」

ショウは喋り切るとフッ、と笑って酒を呷る。デモネラはトロンとした目をして、体を左右に揺すりながらポツポツと言葉を漏らす。

「亜神族は誰も理解してくれなかった。人が殺し合うことも、生まれることも、既に神がお決めなさったことで、それに異を唱えるのは間違っていると……堕天して魔王軍を率いても連中は私の考えていることはどうでもよくて、私がもたらす勝利だけを求めていた。そんな風だから私は失敗したんだ」

それは愚痴だった。孤高の存在であり続けた彼女がずっと漏らせなかった弱音とも言える。

「だったらお前の失敗もこの世界に必要だったんだ、と言わんばかりにショウは片側の口角を大きく上げ不敵に笑う。お前の思惑通りだったら俺も死んでただろうし。お前の失敗に乾杯って気分だな！」

ガハハと笑うショウの強引な慰めの言葉にデモネラは苦笑する。

「身勝手なヤツめ」

「そりゃあ元王様だからな。お仲間だろ？」

きっと、その夜からだ。

デモネラの心の中にショウが居着いたのは。

得体の知れない同居人から自分の唯一の理解者となり、彼と言葉と酒を酌み交わす時間を待ち侘びるようになった。

それは失意の果てに封印され心を摩耗させた彼女にとって再生の日々であり、やがて夢を抱くまでの準備の期間だった。

●○●○●

「じゃ、そろそろ帰るわ」

ワインの瓶を空にするとショウは席を立って出て行こうとする。いつもならほろ酔い気味のドナはそのままベッドに転がり込むのだが、今日は違った。

「なあ、この後、他の女の元に行くつもりじゃないだろうな？」

と言ってショウのシャツの袖を摑んだ。

「珍しいな。そんなに分かりやすくヤキモチ焼くなんて」

「……最近、昔のことを思い出すことが多くてな。写真を撮ったりしているせいかもな」

髪の毛を掻き上げると形のよい額が露わになる。無防備にその陶器のような肌を晒すドナは無自覚に色香を漂わせている。

「不倶戴天の敵同士、勝利者と敗北者、大罪人と監視者、同居人、共同経営者……私達の関係はコロコロ変わっていくな」

「そのうち俺がコロコロとどっかに転がっていなくなっちまうような気でもしたか？　生憎だけど俺はこの街から離れる気はねえよ。ここ以上に遊べる街は無いからな」

ポンポン、と頭を叩くように撫でる。それでもドナは袖を握る力を緩めはしない。

「お前は……自分勝手だ。勝手に私を連れ出したくせに勝手気ままにいろんな女を抱く。後ろめたさとかは感じないのか？」

「全然。むしろたくさんの女を抱くことが誠実だとすら思っているぜ。俺に抱かれる悦びを独占させちゃいけないからな」

おどけた様子でプレイボーイじみた発言をするショウ。ドナは大きなため息を吐いて、

「もういい。腹黒天使のところにでも行ってしまえ」

と不機嫌そうに吐き捨てた。

ショウが居なくなった後、ドナは鏡に映った自分を見つめた。すると、ポッと頬や耳が真っ

赤に染まった。

「な、なんて格好をしてるんだ……くっ、ある意味裸より恥ずかしいぞ……」

あわててガウンを着込み、肌を隠す。

「……それにしても、どうして私には鼻の下を伸ばさないんだ。あのバカが」

この後、ドナは自室に秘蔵していたワインを一本空けた。

アーニャとエメラダは結婚情報誌の記事を作るためにエンリリとケルガ、デモリリとダイモンの二組のカップルの元に向かい、写真撮影とインタビューを行った。

それが終わるとすぐにマリーハウスに戻り、エメラダは記事の執筆に取り掛かる。

『タイプじゃない人と出会って、新しい自分が恋をする』

とタイトルが打たれた記事は彼女達の出会いから恋人になるまでを面白おかしく、それでいて教訓めいたことも書かれた良記事となった。

執務室内でエメラダの記事を読んでいたアーニャは彼女を見直した。

ミイスにやってきてから仕事で使えるレベルの読み書きを習得したが、あくまで情報伝達の手段としての文章しか作成できない。人の感情を動かす文章をつらつらと書き上げるエメラダの才能に素直に感心した。

「呑気(のんき)でいい加減な先輩だと思っていたのに……」

「あれで案外人生経験豊富だからな。ま、余程の箱入りでもない限り長耳族(エルフ)の人生は波乱に満ちているもんだ」

アーニャの呟(つぶや)きに応えたのはショウだった。珍しくマリーハウスで彼を見つけてアーニャは唇を尖(とが)らせる。ドナへの密告について、まだ根に持っていたからだ。

「ショウさーん……こないだは余計な真似(まね)をしてくれましたねっ！」

「何を言ってるんだ。指導係の役目を全うしてやっただけじゃないか。報連相(ほうれんそう)もできないようじゃ秘書係(セクレタ)失格だ」

白々しい口調で語りかけるショウはアーニャの手元にある紹介シートを取り上げる。貼られた写真をジーッと見つめて、

「ほーお、なかなか上玉じゃねえか……野暮ったい格好してるのも逆にそそるぜ」

と声を漏らす。写真に写っているのは人狼族(ワーウルフ)のエリシア。ショウが舌なめずりしてしまうほど肉感的で豊満な肢体をしている。それに対して着ている服は見るからに安物の上、着古され

ており、豊かな暮らしはしていないようだった。

「相談者をいやらしい目で見ないでください！　変なことしたら所長に言いつけますよ！」

「ん？　ヘンなこと？　乙女なアーニャちゃんもようやく男女がベッドの上でするヘンなことについて分かってきた？」

「そ……そんなこと、別に何も……」

根が真面目なアーニャは脈絡のないショウの猥談にもまともに受け答えしてしまい、うっかり顔を赤らめてしまう。そこに助け舟を出すように、

「アーニャちゃんがいくら可愛いからってイジメちゃダメよ、ショウくん」

ふと現れたエメラダがショウを諌めた。

「へっ、お前さんよりマシだ。なにドナにいやらしい服着るように仕向けてるんだよ。雇用主にセクハラだなんて聞いたことねえぞ」

「あら～、所長着てくれたんだ。で、どうだった？」

「どうもしねえよ……仕方ねえから悪魔っ娘のいる娼館で鬱憤晴らしてきた」

「なによぉ、もったいない。盛り上がったんなら抱いてあげたらいいのに。ドナちゃ……所長だって女の子なんだから男のあなたが」

「ああ～～うっせ、うっせ。俺は割り切っていて後腐れない女じゃないと嫌なんだよ。アイツなんて典型的な一度寝たら死ぬまで離れてくれなさそうな女じゃん」

「またそうやって悪ぶるんだから……好きな子にはイジワルしちゃうのよね」

「都合よく年長者ぶるのは長耳族(エルフ)の悪い癖だぜ」

とショウはエメラダの追及をかわして逃げるようにこの場を去った。

「まったく、ショウくんは変わらないわねぇ。アッチもコッチも若いまんま」

「長耳族(エルフ)のエメラダさんに言われてはショウさんもかたなしですね……ていうかお二人、やけに打ち解けてませんでした？」

「長い付き合いだからね、それこそマリーハウスができる前からの」

ふと遠い目をするエメラダ。そのアンニュイな表情から複雑な事情があるのは明らか。それでもアーニャは、今は仕事の時間だ、とエメラダからの引継ぎに話題を切り替えた。

「エリシアちゃんはねぇ……びっくりするほど男運のない子でねぇ、今までも甲斐性(かいしょう)なしのヒモみたいな男に摑(つか)まりまくっていたんだって」

「まー……ショウさんの食指が動くくらいですからね」

童顔で優しそうな顔立ちには不釣り合いなくらいに首から下は成熟した女性そのもの。メロンのように豊かな胸、桃のように形よく膨らんだお尻、全体的に肉付きがよく、抱き心地はきっとマシュマロのように甘く柔らかいことだろう――とエメラダが撮ってきた写真を見るだけで伝わってくる。

「性格もおっとりしていて穏やかだし、なんとか良い相手と結んであげてね」

「ええ、もちろん！　任せておいてください！」

アーニャはドン！　と平たい胸を叩いた。

相談室に入ってきたエリシアをアーニャはエメラダとともに出迎えた。最初に担当が替わることについての説明をして、それが終わると自己紹介。エリシアは話を聞いている時もずっと、にこやかな笑みを崩さない。それだけでアーニャは好印象を抱いた。

「で、エリシアさんに紹介したいのはこちらの男性です！　只人のギースさん！　二十歳の保安隊隊員です！」

「へぇ〜。保安隊の隊員さん。凄くしっかりしてそうな方……」

「そのとおりです！　日夜ミイスの治安を守るためパトロールをしている正義の味方です！　元々は戦争孤児だったそうで苦労の絶えない少年時代を送っていましたが働きながら武芸を学び、難しい試験と厳しい訓練を経てミイス保安隊の職に就いた努力の人です！」

自慢の逸品を売り込むようにアーニャはギースを褒め称える。相談者に相手を紹介する時は毎回少し盛って伝えるものだがギースには不要。手放しでおすすめできる優良物件なのだ。

「でも……良いんでしょうか……私みたいな女がこんな立派そうな方とお付き合いだなんて」

自信なさげに呟くエリシア。アーニャは彼女の目をまっすぐに見て言葉で想いを伝える。

「エリシアさんが引け目に感じることなんてありはしませんよ。今までのお相手とは上手くいかなかったみたいですけど、過去や失敗は全部忘れて幸せになって良いんですよ。私たちマリーハウスの職員はみんな、相談に来られた方が幸せな結婚に辿り着けることを願っています」

　スッと紹介シートをエリシアに差し出す。

　ギースは二十歳の只人というにはやや老け気味ではあるが、それも苦労の多い人生を送ってきた証。

　苦労を知っている真面目な保安隊員と不器用ながら包容力のある女性。

　この上ないベストマッチ。次にここに来る時は熱々カップルとして結婚の相談にきてくれるはずだ、とアーニャは確信していた。

　しかし……その後、半月が過ぎてもエリシアもギースもマリーハウスを訪れることはなかった。

「『幸せになった家出娘は森に戻らない』って言葉知ってる？」

「長耳族の諺ですよね……いや、そうかもしれないですけどなーんか嫌な予感するんですよ」

直接会いに行くのはプレッシャーをかけるだろう、と手紙を送ってみたがその返事もない。

そのことがアーニャをやきもきさせていた。

「相談者想いはとても良いことよ。でも、今は目の前の仕事に集中しましょう」

エメラダに背中を叩かれて、「ですね」とうなずいてアーニャはカメラを持ち上げた。

今日、アーニャとエメラダの二人は、かつてマリーハウスで出会い、結婚したカップルの取材を行っていた。幸せそうなその姿を写真で見せることができれば、異種族結婚や恋愛結婚のイメージアップになると目論んでいる。

「お待たせ！　ジャンジャン撮っていこう！」

溌溂とした声を上げたのは駿馬族のスカーレット。ダービーレーサーの中でもトップクラスの人気を誇る彼女は、用意された衣装を着こなし仁王立ちしている。他種族と比べて大きく発達した下半身こそ逞しいが、そこから腰にかけて上っていく稜線はスラリと細い。

「ホント……妊婦とは思えませんね」

「駿馬族は臨月近くまであまりお腹出てこないからね。でもレースは休んでるし、今は客寄せ仕事ばかりよ」

　スカーレットはレーサーとしての実力もさることながら、スッキリとした美人でインタビュー対応もお手のもの。妊娠中の今でもダービーレースの広報の仕事をしている。

「いやいや誰にでもできる仕事じゃないですよ。美人で気立ても良くて、しかも稼ぐ！　素晴らしい奥様ですね！」

「アハハハハ！　あんまり褒めないでよ！　まー、私が稼がないとうちの旦那がアレだからさ！」

「あー……」

　アーニャは宙を仰ぐ。彼女の夫であるグエンはかつてミイスの防衛軍に所属していたが、結婚前に退職した。その後、いろんな仕事に挑戦しているがイマイチ長続きしないらしい。

「根は真面目だから、なんとでもなりそうな気がするんですけど」

「それがさ、高給の仕事とか偉そうな仕事に就きたがるのよね。男のメンツって面倒よねえ。別に私はアイツと子どもを養うくらい全然平気なんだけどね」

　スカーレットは人気レーサーで高給取り。彼女と釣り合う男でいたいという焦り（あせ）から身の丈に合わない仕事に就こうとしているのだろう、と想像したアーニャもいたたまれなくなる。

　そんな噂（うわさ）をしていると、当のグエンがやってきた。

「おう、アーニャ。久しぶりだな」

「グエンさん。お久しぶりです。アレ？　その制服は」

群青色のジャケットと角ばった制帽はミイス市民ならば誰もが見覚えがある。保安隊の制服だ。

「へへっ。小生はグエン保安官、なんてな。知り合いが退職するって聞いたからその枠に滑り込んだってワケよ」

小柄ではあるが筋肉質なグエンの身体に制服はピシッとハマり、なかなか様になっている。

アーニャがスカーレットに目配せすると、スカーレットははにかむように笑った。

「よかったですねー。お給料はともかく堅実ないい仕事ですよ」

「お給料はともかく……？　え、保安隊って逮捕したヤツの財産根こそぎ奪えるんじゃないの？」

「盗賊に転職したんですか？　選抜試験を潜り抜けて専門教育受けているような人はかなりもらえますけど。グエンさんみたいな一般採用の人は私よりちょっと少ないくらいですよ」

「げえっ⁉　マジかよ！　急にやる気なくなってきた……」

へたり込むように椅子に腰を下ろすグエン。アーニャはその様子に呆れると同時に、スカーレットとの仲を取り持った責任感も相まって説教しようと試みる。

「あのねえ、お金は大事ですけど仕事ってそれだけじゃないんですよ。自分の仕事が誰かのためになっているという満足感はかけがえのないものじゃないですか。グエンさんだって元々軍人として頑張って働いていたワケだし」

「別に俺はそんな高尚なこと考えてなかったよ。志望動機だって遊ぶ金欲しさだったし」

「それ、犯行動機で使う言葉です」

拗ねるように顔を背けるグエン。アーニャはムッとした顔でさらなる言葉を繰り出そうとしたが、スカーレットが肩を摑んで止める。

「やれやれ……それにしてもアンタ保安隊なんかに知り合いいたんだ。昔、しょっぴかれた相手とか？」

「バカ言え。軍時代に合同練習した間柄だよ。クソ真面目なやつだったのに、どうしたことか盛り場で飲んだくれててな。ちょっと付き合ってやったら保安隊辞めたこと教えてくれたんだよ。なんでも甘やかしてくれる良い女と付き合ってるから働く気がなくなったって」

グエンの話を聞いてスカーレットは「情けない男だねぇ……」と苦笑する。しかし、アーニャは嫌な予感がしてグエンに恐る恐る尋ねる。

「もしかして……その、退職した保安官ってギースって名前じゃ……」

「おお、正解。なんだ、アーニャの知り合いだったの――」

バ――ンッ！　とアーニャは机を強く叩いて突っ伏した。

マリーハウスの相談は基本的に秘書係(セクレタ)が一人で行う。これは相談者に無用な圧力を与えずリラックスして相談してもらうためである。だが、今日の相談室にはアーニャとドナとショウの三人がギースとエリシアを囲んでいた。

アーニャがエリシアの部屋に乗り込んだ時に見た光景は、真面目な保安官の頃の面影がないくらい堕落し切ったギースと、彼に膝枕をするやつれたエリシアの姿だった。それを見た瞬間、かつて他人の心に作用するグレイスホルダーに出会ったことのあるアーニャは慌ててショウたちの元に二人を連れていったのだ。

「なるほどなるほど……詳しい事情を聞かせてもらいたいから……ベッドの上で『タイマン』しよっか？」

「いっ⁉　なにいきなりドセクハラかましてるんですかぁっ⁉」

反射的にショウに殴りかかるアーニャ。しかし、その手首をドナが摘(つま)む。

「やめろやめろ。時間の無駄だ」

「なんで⁉　セクハラの現行犯ですよ！」

「わ……私は、冗談だと分かっていますから別に……」

「ん？　俺は九割本気だぜ。わがままボディの仔犬(こいぬ)ちゃん」

　ククッ、と笑うショウだが、彼の思惑はナンパではなくグレイスの使用だ。

　ショウのグレイスは『怠慢』。大罪級グレイスに位置付けられる希少な能力で、その効果は『相手の能力のコピー』。発動条件は相手を指差し『タイマン』という言葉を聞かせるだけだ。

　ショウは戦闘にこのグレイスを使うことが多いが、相手の能力の解析にも使用することができる。目を閉じて、パッンパッン、とこめかみを叩いた後、

「コイツは白だな。グレイスは持ってない」

　と言い放った。何をしたのか分からないアーニャだったが、「そうか」とドナが納得した様子なので、その言葉を信じるしかなかった。

「ギースさんがこんな風になって仕事を辞めちゃうくらいだからてっきり……」

　口ごもるアーニャに代わるようにしてドナが口を挟む。

「エリシアさん。君はギースさんに仕事を辞めてほしいと言ったのかね？」

「いえ！　そんなことは……ただ、お仕事終わって帰ってくる彼が辛そうだったから『嫌なことからは逃げていいんじゃない』とか『あなたを苦しめる人とは縁を切った方がいいよ』とか『私はどれだけ甘えられても甘やかし続けるから』と言って励ましていたくらいです！」

　ドナは目頭を押さえて俯いた。少しの間を置いてショウがポツリと言う。

「典型的な男をダメにする女だ」

　嘲笑うような言葉にアーニャが食ってかかる。

「そんな言い方ないでしょう！　エリシアさんは優しいだけで――」

「本当に優しいなら堕落していく男を止めるだろうよ。エリシア、お前同じようなこと何度も繰り返しているだろ？」

そう問い詰めるとエリシアは躊躇いながらもうなずく。ため息混じりにショウはギースに語りかける。

「人間、低きに流れるもんだ。無理しなくていい、我慢しなくていい、働かなくていい。とても甘い言葉で飛びつきたくなるよな。だがその甘い言葉はお前のことを考えて発したものじゃなくて、お前を逃がさないよう堕落させるために発した言葉だ。優しい女のやることじゃねえ」

二日酔いの朝のように後悔と疲労に満ちた表情でギースはショウの言葉を咀嚼した。

「よし。じゃあ、保安隊に頭下げて復職させてもらいな。俺が口添えしてやるから」

ショウはそう言うとギースを立ち上がらせた。エリシアが縋ろうとするが、ギースは敢えて目を逸らし部屋の外に出ていった。

重い空気を変えようとアーニャが軽口を叩く。

「あー、ショウさんは最初から堕落しきってる人ですからあまりお気になさらず！　ヒドイですよねえ、エリシアさんの献身をあんな風に――」

「献身なんかじゃありません！　あの方の……言うとおりです」

声を荒らげたエリシアに驚かされたアーニャ。さもありなんといった表情のドナは、アーニャの肩を叩き「あとは任せた」と言って部屋から出ていった。どこか、普段に比べて余裕のなさそうな彼女の態度に違和感を覚えたが、優先すべきは目の前の相談者への対応だった。

その後、エリシアは今までの恋愛遍歴を白状した。付き合った相手の数もその不憫さもアーニャの予想を上回っていて、男運が悪いだけで片付けられる話ではなかった。

「私、ダメなんです……男の人に嫌われたくなくて、なんでもしなきゃいけないと思えてきて、ついつい甘やかしちゃうんです。マリーハウスが紹介してくれるようなちゃんとした人なら大丈夫だと思ったんですけど、この有り様で……」

「いえ、こちらもあなたのことをよく分かっていませんでした。でも、何が原因でそんなに嫌われることが怖くなっちゃったんでしょう？　エリシアさんってとても可愛らしくてセクシーだし、性格も優しいから好かれることばかりでしょう」

アーニャの問いがエリシアの心の奥底に触れた。打ち明けるべきか悩みながらもエリシアは過去の記憶を掘り起こして吐露した。

「……小さい頃からお母さんと二人で暮らしていたんですけど、お母さんは私のことを嫌っていたんです。浮気相手と逃げたお父さんに似ているとか、男に媚びる顔をしているとか言われて……構ってほしくても無視されて、間違ったり、失敗したりしたらご飯も抜かれて……他のおうちみたいにちゃんと口で言って躾けてくれたなら頑張ったのに、でも、それも全部自分が悪いからだって……」

丸い顔を真っ赤にしてポロポロと涙をこぼしているエリシアの姿と、彼女の悲しい少女時代の記憶と根付いてしまった自虐的な価値観はアーニャの同情心を買うものではあった。しかし、真面目一徹だったギースが堕落して働かなくなったことを鑑みるに、改善しないと彼女だけでなく、彼女に関わる男性達も不幸になってしまう。

（甘やかさないようにしろ、と言ってもダメだよなぁ……私が四六時中エリシアさんを監視できるわけじゃないし……）

と、アーニャが悩んでいると、エリシアはさらに悲壮な顔をしてグスグスと嗚咽を上げる。

アーニャはなんとか安心させようと必死で表情を立て直し、

「大丈夫！　エリシアさんが悪いワケじゃありません！　今までのお相手とは相性が悪かっただけです！　今度いらっしゃる時までに相性抜群の男性をご用意しておきますよ!!」

力強く約束してしまった。

ノーススクエアのオシャレなカフェテラスを背景に、神々しいまでの美しさを誇る青髪の長

耳族が髪を掻き上げ、エメラルドの瞳で射貫くようにカメラのレンズを睨んでいる。

「素晴らしい！　美人の代名詞とも言われる長耳族だけど、あなたほどの高貴な美を纏った人は初めてだ！」

「私を誰だと思っているの？　始祖の血脈を繋ぐロキシターノのご令嬢ですのよ！」

（自分のことをご令嬢とか言う人この人くらいだよな～）

その高慢さもまた彼女を彩る装飾品。アーニャは写真のモデルを務める長耳族のメーヴェを生暖かい目で見守りながら、手にした白板で太陽光を反射して彼女の影を消す。

休日返上で仕事をしていたアーニャをメーヴェは連れ出して自身の撮影の助手に使っている。アーニャは呆れながらもエリシアの相手探しが行き詰まっていたので気分転換のつもりで彼女に付き合うことにしたのだ。

「アーニャ！　もっと光をよこしなさい！　この撮影には私の将来がかかっているんだから！」

「将来？」

「そう！　この私の写真が出回れば世界中から求婚者が殺到するわ！　実りのない婚活とおさらばできるってワケ！」

輝かしい未来を信じて疑わないメーヴェにアーニャは冷めた気持ちで指摘する。

「世界中に写真を出回らせるってどれだけのお金が必要だと思ってるんですか……そもそも何年かかるのやら……」

「私にとって五年や十年はひと季節のうちよ。お金だって私の写真を載せればミイス・フォト・グランプリは優勝したも同然！　そこの大きな人がよっぽどヘボでもない限りね！」

ダバーンはニコニコしながら「まったくもってそのとおり！」と相槌を打ちカメラのシャッターを切る。

「ダバーンさん、怒っていいですよ。あの人際限なく調子に乗りますから」

小声でダバーンに囁くアーニャ。しかしダバーンは首を横に振る。

「調子に乗ってくれた方がいいさ。その方がメーヴェさんの良さが際立つ。僕はね、この写真を笑顔に溢れたものにしたい。笑っている人を見ると嬉しい気分になるだろ。この仕事が世界に笑顔の種をばら撒くものだと信じているから、何言われたって気にならない」

と微笑むダバーン。巨人族は大き過ぎてミイスの中でも奇異の目で見られるし、居住区も分けられている。それでも他の種族に対する敬愛をなくさないダバーンの人間性は美徳だ。

（身体も大きいけどそれ以上に大きな心を持っている人だ……ちょっと素敵かも）

と、アーニャがダバーンの横顔に見惚れていると、クルッとダバーンが振り向いてアーニャの表情を写真に収めた。

「うぇっ⁉」

「ああ、悪い。でもアーニャの頰を赤らめた笑顔があまりに可愛くて」

「ほ、頰を赤らめ――てましたか⁉　私⁉」

先ほどダバーンに対して抱いていた感情が好意であると意識させられてしまったアーニャは、さらに赤面してしまう。

頰を隠すように手で覆い、耳をペタンと折り畳む彼女の様は滑稽であるが、同時に愛嬌もあって、ダバーンのカメラのシャッターが次々切られていく。

「もうっ……やめてくださいよ～。お化粧も簡単にしかしてないんですからぁ」

「アーニャはいつだって綺麗だから大丈夫！」

照れくさそうに顔を掌で隠す素振りをするアーニャと、大きな身体を縮めてアーニャの写真を撮りまくるダバーン。

そのやりとりを見ていたメーヴェは、自分が放置されていることも相まって、

「アーニャって案外チョロいわよね……」

と不満げに唇を尖らせた。

写真撮影を終えて去っていくダバーンを見送った後、メーヴェがアーニャに話しかける。

「最近、忙しそうじゃない。休みもろくに取ってないんでしょう」

「えぇ、まあ……退職する先輩からの引継ぎがあったり、厄介な案件があったり……」

余裕ぶった様子の彼女にアーニャは尋ね返す。

「マリーハウスは相変わらず大忙しね」

「メーヴェさんの方こそ、学院の仕事は順調なんですか？」

「もちろん！　私を誰だと思っているのよ！」

メーヴェはミイスに創設されたサンクジェリコ学院の講師の職に就いている。貴族や大商人といった富裕層の子供や天賦の才に恵まれた特待生ばかりが通う世界屈指の高等教育機関である。その講師に求められる知識や能力は相当に高いのだが、良家出身で三百歳目前まで丁寧に躾けられたメーヴェはその基準を優に満たしていた。

（高貴な生まれで顔もスタイルも抜群にいい。文武両道、博覧強記。性格が残念無念なこと以外はマジで完璧な人だなぁ）

「ん？　念話を繋げようとしてるの？　ムリムリ。猫人族みたいに魔術適性の低い種族じゃ五文字飛ばすのに五十年かかっちゃうわ」

種族差別的な発言に思われるが、彼女なりにアーニャが念話を使えないことをフォローしようとしているのだ。アーニャも意図を汲み取れたので、余計なことは口にしないことにした。

「えーと、学生さんたちにいろいろ教えてあげてるんですよね。やっぱり、言うこと聞かない反抗的な生徒に手を焼かされたりとか」

「ううん、まったく。最近の子供は骨が無いわね。ちょっとダメなところを指摘したらしょげかえって従順になっちゃうもの」

メーヴェの言葉の刃を受けながら育つ子供達はさぞかし強くなるだろう、とアーニャは思いを馳せる。その時、ふとエリシアのことが頭によぎった。

「あのー、メーヴェさん。万が一、メーヴェさんに恋人ができたとしたら、どんな風に接しますか？」

「万が一って何よ……でもそうねえ。私の理想を満たす相手ならさぞかし立派な方でしょうし、尽くすこともやぶさかではないわ」

自分が恋人を摑まえた光景を妄想して、メーヴェは頬を緩めた。

「い、意外ですね。尽くしたり絶対しないタイプだと」

「フフン。当然でしょ、私は恋人としても完璧なのだから」

(これが仮定の話じゃなくて実際の惚気話だったら良かったのになあ……)

自分から話を振ったにもかかわらず、アーニャは理不尽な虚しさを感じていた。

「じゃあ本題ですけど……メーヴェさんが甘やかして相手の方が仕事辞めたり堕落したりしたら――」

「甘やかしたりなんてしないわよ。男でしょう、大人でしょう。甘やかされて喜ぶなんてその時点で私の理想じゃないわ」

急に冷たい表情になってキッパリと言い切ったメーヴェにアーニャはズッコケそうになる。

「でも、さっきは尽くすって」

「甘やかすのと尽くすのは違うの。尽くすってことは相手の為になることを頑張ることで、甘やかすってことは相手の為にならなくたって無責任に許してあげることでしょう。真逆よ」

メーヴェの言葉はアーニャの胸にグサリと刺さった。自分自身、相手をダメにしてしまうエリシアを否定せず、甘やかす言葉をかけてばかりで彼女自身が変わる機会を奪おうとしていたからだ。

(私は秘書係……マリーハウスを訪れる相談者が愛を見つけるまで尽くすのが仕事だ！)

反省と気持ちの立て直しを同時に行ったアーニャは、感謝の気持ちをもってメーヴェに告げる。

「やっぱりメーヴェさん、先生の仕事向いてますよ」

「えっ？　ああ……ありがと」

意表を突くように褒められて照れくさそうに口元を隠すメーヴェ。隣のアーニャは頭をフル回転させる。

（エリシアさんを甘やかすタイプから尽くすタイプに変えるんだ。でも……エリシアさんの甘やかしは子供時代の心の傷（トラウマ）から来るものだし、本人も良くないことだと分かってるのに直っていない。やっぱり、一朝一夕には……）

「あっ！　ピコー先生！　ちょうどいいところに現れたわね！」

メーヴェが立ち上がり、兎耳族（ラビッツ）の青年を呼び止めた。

「メーヴェ先生……おや、あなたはたしか」

ピコーはアーニャを見て目を凝らすように見つめる。カメラの披露会で見覚えのある顔だったからだ。あいさつを交わし合う二人にメーヴェは口を挟む。

「あなた達を会わせたかったのよ。この子マリーハウスの秘書係（セクレタ）だから結婚相手を紹介してもらったら？　この前お見合いさせられたオスマン学部長の娘さんとはダメだったんでしょ？」

メーヴェの歯に衣（きぬ）着せぬ物言いにアーニャはハラハラしてしまうが、当のピコーは面目なさそうに苦笑する。

「私の家は事情がありますから……相談所の方にご迷惑をおかけしてしまいそうなので遠慮しておきますよ」

「大丈夫よ、マリーハウスなら！　迷惑なんてかけられ馴（な）れてるわよね！」

「ええ……まぁ、特にメーヴェさんからは」

アーニャはこれから帰ってエリシアの相談方針を練り直したいと思っていたところだったが、

マリーハウスの名前を出されては、無下に断れなかった。

ピコーはアーニャとメーヴェに自分の家の事情について語った。聞き終わったメーヴェは露骨に嫌そうな顔をして、

「うん。私じゃピコー先生の妻は務まらないわ」

と言い放った。ピコーは嫌な顔ひとつせず、むしろ呑気そうに微笑み、

「メーヴェ先生は素敵な方ですから……私なんかより遥かに良いお相手と結ばれますよ」

と、彼女の顔を立てた。恋愛対象外だろうとメーヴェはそういう異性からのおべんちゃらが大好物。気を良くした彼女は、

「ホント、あなた自身は聡明で正直者の好青年なのにねえ。もったいないと思わない⁉　なんとかしてあげなさいよ！」

無茶振り気味にアーニャに世話を押し付けようとする。ピコーはそんなメーヴェを諭そうと口を開きかけたが、

「なんとか……なるかもしれません」

親指を舐めるような仕草をしたアーニャがつぶやくように応えると、

「「へっ？」」

と、メーヴェとピコーは目を丸くした。

◇　◆　◇　◆　◇

それから一ヶ月ほどが過ぎたある夜――

アーニャはショウと酒場のカウンターで並んで飲んでいた。その日の肴はエリシアの結婚相談の顛末についてだ。

「あ～～……あの色っぽい人狼族がウサミミのエリートと結ばれちまうとはなあ。悪い男にしゃぶり尽くされて娼館で働くようになるのを期待していたのに」

「ホント！　最っ低っ！　ですね！　ちょっと手伝ってもらったからってお礼なんか考えなきゃ良かった！　所長もなんか不機嫌そうに断るし……」

プリプリと怒るアーニャの様子を楽しげに眺めるショウ。最初の一杯をあっさりと飲み干すと、次の酒が運ばれてくるのを待ちながらアーニャに話しかける。

「で、そのピコーって奴の事情ってなんなんだよ？」

「ミイスじゃ珍しいケースなんですけどね。ピコーさん、お母さんと同居されているんですよ」

実験都市であるミイスは十年前に建てられたばかり。この街の住民のほぼ全てが移民であり、また次代を担う若者が求められていた。故に短命種で高齢の者は基本的に移民の対象にならず、親と子が一緒にミイスの街で暮らすことはまずない。子供が高額な移民税を払って呼び寄せたりでもしない限りは。

「ウインターズ、って家名の元貴族でそこそこ裕福な家だったらしいんですけど、没落した後は母一人子一人で様々な苦難を乗り越えてきたようですよ。そういう過去もあるからお互いを想う気持ちが強いと言いますか……愛情が重いと言うか」

「子離れできない母親とマザコンの息子か……」

「もうちょっと言葉を選びませんか⁉」

詰るアーニャだったが、逆に言えば言葉を選ばなければショウと同じ感想を持たざるを得ないのがピコー親子だった。

ピコーを目にかけている学院の上司や先輩達は、これまでも自分の娘や姉妹を結婚相手にと紹介してきた。親や兄の頼みではあったが、ピコーの母親の息子への干渉ぶりやその配偶者候補に向けられる厳しい目。そして、ピコー自身が「母さんは完璧な人だから、他人に厳しいのは仕方ないんだ」と母親のやり方を肯定したことがトドメになり、娘達は潮が引くように去っていった。

そんな話を聞かされたメーヴェは「姑に文句言われ続ける生活なんてまっぴらごめん！」とピコーを恋愛対象外とした。おそらくミイスに住む独身女性の多くがそうだろう。世界最先端の街で自由を謳歌している彼女らにとって、姑の嫁いびりなど旧時代的なしがらみの象徴のようなもので、その窮屈さは容認し難いものだからだ。しかし――

「おかえりなさい、ピコーさん」

玄関を開けると満面の笑みで出迎えてくれるエリシア。真新しいエプロンで豊満な体を締め付けるようにしても隠しきれない彼女の色香は、朴訥な学者であるピコーですらもくらりとさせる。

ピコーとエリシアはアーニャの仲介でお見合いの場を設けた。その際、ピコーは「母さんと仲良くやれない人間とは付き合うことはできない」とやや突き放した態度で接した。すると不安がるエリシアにアーニャは「ピコーさんとお母さん。両方を好きになるつもりでお付き合いしてみたらいいんです」と助言し、デートも交際宣言もすっ飛ばして、ピコーの家で同居生活を始めるよう提案した。

「あ、ああ……ただいま。今日は、どうだった？」

「えへへ……相変わらずお叱りを受けることだらけです」

「そうか。母さんは完璧な人だから……一緒にいると大変だろう」

「大変だなんてとんでもない！　私はピコーさんのお母様みたいな母親には恵まれませんでしたから、今こうして躾けてもらえているのがとても嬉しいんです！」

「ん……ならいい」

エリシアの返答にピコーは口元を緩めた。ピコーにとっては自身を褒めてもらうよりも母親を褒めてもらった方が嬉しい。そのことをエリシアはすぐに見抜き、そうしようと心がけている。もちろん、彼女の言葉が歓心を惹くための嘘やデタラメというわけでもない。

炊事、掃除、洗濯といった家事全般に加え、ピコーの仕事に関わる人付き合いや雑務をこなしているピコーの母親はエリシアにしつこく注文し、完璧さを要求する。そして、自ら率先して手本を見せ、エリシアの何倍も働く。嫌みや叱責をもらうことも少なくない。それでもエリシアはめげたりはしない。むしろ、ピコーの母親に憧れを抱きつつあった。

（人のために何かをしてもその人をダメにすることしかできなかった。当然ね。私は愛されたくて相手を甘やかしていただけ。ピコーさんのお母様はピコーさんを幸せにするために身を尽くしているんだもの。あんなふうに生きられたら少しは自分を好きになれるのかなぁ……）

ピコーの鞄を受け取り、後ろに三歩下がって後についていく。

「お帰りが遅い日が続きますね。お母様もご心配されていましたよ」

「ハルマン殿にこき使われていてね……学者の仕事は研究だというのに、なんでもかんでも私の知恵を借りようとするんだから……」

ピコーはエリシアの話しやすい雰囲気に絆されてつい愚痴をもらしてしまう。すると、エリシアの悪い癖が出てしまう。

「研究がピコーさんのやりたい仕事だというのなら、ハルマンさんのお仕事は断ってもいいんじゃないでしょうか？」

「え……いやいや、そんなわけには」

「大丈夫ですよ。たしかにハルマンさんは私でも知ってるくらいの権力者ですけど、ピコーさんは優秀ですし他の偉い方からの評判もいいんです。思い切ってやめてしまえば――」

悪魔が囁くようにピコーの背中を押そうとするエリシアだったが、

「殿方の仕事に女が口を出してはなりませんよ」

ピコーの母親、マリーンがピシャリと平手を打つような声で二人に割って入ってきた。

「あ……母さん……」

「ピコーさん。弛んでおりますわよ。あなたが学者になったのは世の中をより良くするためでしょう。そのような大志が全身全霊でなくて成し遂げられますか？　そもそもハルマン卿の眼鏡に適うということは幸運なことです。今頑張らなくて、いつ頑張るというのです」

「おっしゃるとおりです。ここが頑張りどころですね」

ピコーはマリーンの言葉に背筋を正される。次にマリーンはエリシアを叱りつける。

「エリシアさん。あなたは短絡的なのです。相手にとって都合のいい言葉を投げかけるということは不幸にすることとも繋がるのですよ。そもそも妻というのはですね……」

この後、とてもとても長い説教を浴びせられたエリシアだったが、内心ほっとしていた。

(お母様は私が間違えそうになっても必ず止めてくれる。きっとこの家でなら私は同じ失敗はしないで済むだろう)

「お姑さんのいる相手との結婚はたしかにハードルが高いです。ですが、エリシアさんは捨てられたくない一心でなんでもしちゃうような人ですからね。お姑さんのいびりくらい全然平気へっちゃらなんですよ」

アーニャはエリシアの矯正をピコーの母親に丸投げすることにした。二人きりの暮らしではエリシアの魔性に囚われてしまう。だけど第三者が、特に息子を愛するあまり厳しく接してくる姑がそばにいるならエリシアは暴走しないで済むだろう、と踏んだからだ。

「破れ鍋に綴じ蓋というか……よくもそんな都合のいい組み合わせが見つかったなあ」

「今回は少しだけショウさんの真似をさせてもらったんですよ。マリーハウスの外の人の力を頼る、ってね」

アーニャの言うとおりマリーハウスにピコーのようなタイプは来なかったろう。メーヴェという外の交友関係を持っていたことが利いている。

「お前にしては上出来だ。すっかりミイスの街の住民の一人って感じだな」

「エヘヘ……珍しいじゃないですかぁ。ショウさんが褒めてくれるなんて」

「まぁ、明日の家庭訪問が大変だろうから、今夜くらい優しくしてやろうかとな……」

「え？」

アーニャは結婚情報誌のための写真撮影と取材をピコーに申し込んでいた。ピコーは了承してくれたが、条件として「母さんにも会ってくれませんか？　どうもアーニャさんに興味を持っているみたいで」と付け加えられたのだ。

最後の晩餐に喜ぶ生贄の少女を見るような憐れんだ目でショウはアーニャを眺めている。

「エリシアにとってはいい縁談だろうさ。良家出のエリート学者に嫁げるんだから。ピコーもまあ文句ねえだろ。あんな良いカラダした世話焼き女房をもらえるんだ。だが、母親はどうだろうなあ。甘やかして数多の男をダメにした素寒貧の魔性の女なんてカワイイ息子ちゃんの嫁に迎えたくねえだろ。仲介したお前もさぞ恨みを買ってるだろうな」

それを聞いてアーニャの酔いはサッと醒めた。どうして自分はマリーンの攻撃対象にならないとたかを括っていたのだろうか？　と、頭を抱えた。

「ま、お姑さんとのバトルなんてしばらくはないだろうから良い経験積めそうだな」

　ショウの言葉はアーニャの恐怖を煽ると同時に、マリーハウスの未来を見据えているようでもあった。十年後、二十年後。ミイスで結婚した夫婦の子供達が結婚するような時代になれば嫁姑問題はいずれ発生する。そのしがらみは人が家族という単位で営みを紡いでいく以上避けようのないものだ。

　窓のサッシには埃ひとつなく、床の大理石は鏡面のように光を放つ。一枚板の大きなテーブルの上の花瓶には今朝届けられたと思われる花が瑞々しく咲き誇っている。その整えられた空間は、個人の家庭とは思えない完璧さで、椅子に座るアーニャを緊張させた。
「アーニャちゃん、もっと楽にして良いよ」
「あはは、無理です」
　にこやかなエリシアに対して、アーニャは顔を引き攣らせている。目の前で紅茶を音を立てずに啜るマリーンは長いまつ毛に隠れるくらい目を細めている。その姿は剣豪が鞘に入った剣の柄に手をかけているような威圧感を放っていた。

「エリシアさん。夕食の買い物をしてきてください。食材はしっかり吟味してなるべく時間をかけて選ぶのですよ」

「ハイ！　あっ。アーニャちゃんの分は」

「必要ありません」

スパッと断ち切るような話し方をするマリーンにアーニャの緊張は高まった。

エリシアが家から出ると、マリーンが話を切り出す。

「歪なものね。この街では食べ物も衣服もなんでも手に入るのに、嫁一人もらうのが難しくてあなた方のような商売が成り立つのですから」

その言葉の真意を量りかねたアーニャだったが意を決して切り出す。

「私たちは自分の仕事に誇りを持ってやっています。相談に来られた方が幸せになれるお相手を選ぶよう心がけています。結婚は家と家の繋がりというのは分かっていますが、でもそれ以前に結婚する当人同士の相性が良くないと成り立たないと」

「だから、親の意見は後回しだと」

空気が一気にひりつき、アーニャは覚悟を決めた。これからどのような罵倒を受けねばならないのかと考えると気が重いが、それでもピコーとエリシアのために関係を壊すようなことになってはならない。エリシアが心の底から今の暮らしを楽しんでいるのは見て明らかだった。

ピコーにとっても母親を立ててくれる上に心優しく真面目なエリシアを憎からず想っている。

（何を言われても耐えてみせる。私はマリーハウスの看板ネコ娘なんだから！）

マリーンはそっと瞼を開ける。厳格さを感じさせるシワの刻まれた目元とは裏腹に、黒く大きな瞳は優しく潤んでいて、アーニャは戸惑った。

「ごめんなさいね。イジメるつもりはないのよ。あなたも可愛がり甲斐がありそうだったからつい脅かしてしまったの」

「へっ？　かわいがりがい？」

「まだ十五にもならないくらいでしょう。それで誇りを持てる仕事や他人のために身を切る覚悟を持てていることは凄いわ。これも時代とミイスの産物なのかしらね」

マリーンの声は微かに弾んでいる。身構えていたアーニャは拍子抜けするように肩から力が抜けた。

「少し昔のお話をしましょうか」

とマリーンは切り出した。話の内容は彼女の半生だった。

兎耳族の貧乏貴族から名家であるウインターズ家に嫁いだ彼女の婚姻生活は苦難の連続だったという。姑をはじめとする夫の親族からは奴隷のように扱われ、夫が他所の女と浮気をしているのを知っていながらも耐え忍ぶしかない。自由も尊厳もない牢獄に閉じ込められたような暮らし。

しかし、それでも夫が戦死した後に比べればマシだったという。敗戦の将としての責任は遺族であるマリーンとピコーに降りかかった。財産はほとんど没収され、貴族社会における力の一切を失い、実家にも戻ることもできず、僅かな持ち物を売って、二人のことを知る者がいない街まで逃げ延びた。とはいえ、流れ者の子連れの女にまともな働き口などあるはずもない。だからマリーンは髪の毛を短く刈り込み、男物の服を着て、土木作業の仕事に就いた。土に塗れ汗を流しながら、その日食べるパンのために必死で働き続けた。

「この腕、すっかり細くなってしまったわ。男達に交じってレンガを運び、地面に杭を打っていた頃はピコーさんよりずっと逞しかったのよ」

「ご苦労されていたとは聞いていましたがそこまで……」

「後ろ盾のない女一人で子どもを育てるのは並大抵じゃないのよ。盗みもせず、騙しもせず、体を売ることもなく生きるためには無理もしなきゃいけなかったわ。それでもピコーさんのためだから頑張れたのよ」

自分のために身を粉にして働く母親の姿はピコー少年の目には神々しく映ったことは容易に想像できた。母の献身に応えるために勉学に励み、仕事に勤しみ、そして今の地位を手に入れた。ピコーとマリーンは過酷な運命に真正面からぶつかり打ち勝ったのだ。

「ピコーさんは私の人生のすべて。あの子のためになるのならどんな苦労も厭わない。逆にあの子を不幸にすることからはどんな手段を使っても守ってあげたい」

「……エリシアさんは、マリーンさんのお眼鏡には適いませんでしたか？」

恐る恐る尋ねるアーニャ。するとマリーンはニヤリと不敵に笑う。

「家事も上手くない、教養もない、すぐにピコーさんを甘やかそうとする。私が求めていたお嫁さんの理想とはかけ離れているわね」

「す、すみません」

アーニャは頭を下げる。しかし、マリーンは愉快そうに笑った。

「ふふ……でもね。それで良いのよ、きっと。出来の悪い嫁をなんとか鍛え上げるのが私の最後の役目と思えばやる気が湧いてくるわ」

マリーンの瞳には火が宿っていた。その火は苦難の中で子供を守り続けていた頃と同じものだ。

「アーニャさん。母親にとっての最大の幸福と不幸について、考えてみたことはある？」

いいえ、とアーニャが首を横に振ると、マリーンは頷いて語り始める。

「最大の幸福はね、夫や両親よりも愛しい存在に出逢えることよ。そして、最愛の存在に愛して慈しんでもらえたのなら、どんな王侯貴族よりも豊かで誇らしい気持ちになれるの。逆に、最大の不幸はね……その最愛の存在と結婚できないことなのよ」

一瞬、アーニャは背筋が凍りついた。それくらいにマリーンの言葉には重い感情が宿っていたからだ。

「そ、そんな……で、でも親子ですから、そういう感情はちょっと……」

しどろもどろになりながら反論するアーニャを見て、「勘違いしないで」とマリーンは言葉を挟んだ。

「結婚と言うと余計なこと考えちゃうのなら…………添い遂げると言い換えましょうか。母親は子どもより早く寿命が尽きる。一生を支え続けることはできないの。叶うなら年老いて足腰の立たなくなったあの子の肩を支えてあげたい。赤子の頃にしてあげたようにお粥を掬って食べさせて、お着替えもさせてあげて、死に水だって取ってあげたい。あの子の人生の最期までそばに居てひとりぼっちになんかさせやしない」

過剰なまでの愛の中に一抹の寂しさのようなものを感じとったアーニャ。目の前にいるマリーンはすでに四十歳を過ぎている。獣人系の種族の寿命は短く、六十まで生きることはまず無い。母親が子に出逢うまで十数年の月日を要したように、子もまた母親と死に別れてから十数年の月日を余してしまう。同じ時間を同じ場所で生きられない。

「だからね、エリシアには死ぬまで口うるさくするわ。私の気に入らないところは直させる。嫌な姑でもクソババアとでも好きに呼んでくれていい。汚名を着せられても構わないくらいピコーさんが良き伴侶を得ることは大切で必要なことだから。あなたは結婚を当人同士のものだと言ったわね。違うわよ。結婚を喜ぶのは親もなのよ」

「喜んで……くださっているんですか？」

「分かりにくいでしょうけどね。私は、あの出来の悪い嫁のことが嫌いじゃないの。不器用なりに頑張って変わろうとしているのが伝わってくるから」

椅子から立ち上がったマリーンは慇懃にアーニャに向かってお辞儀をした。

「出逢わせてくれてありがとうございます。どうか、二人がちゃんとした夫婦になれますようご指導ご鞭撻をお願い致します」

長い二本の耳は綺麗に毛並みを整えてはいるが力なく垂れ下がっていて、そこに確かな老いをアーニャは感じた。

マリーハウスの執務室にて。アーニャが持ってきたイチオシの写真を眺めてエメラダが首を傾げる。

「どうしてカップルじゃなくてお母さんの写真なの？　見栄え的に地味じゃない？」

「良いんですよ。結婚は当人同士だけのものじゃないんですから。別の切り口も必要だと思いませんか？」

前時代的とも言えるアーニャの言葉に、一瞬考え込むエメラダだったが、

「それもそうね。タイトルは『お姑さんと上手くやるための七つのルール』とでもしておき

ましょうか」

意気揚々とした様子で記事の執筆に取り掛かる。アーニャもエメラダからの引継ぎ案件が大方片づいたことで晴れやかな気分だった。

サウスタウンのとある喫茶店は全ての席が個室になっていて、他の客と顔を合わせなくて済む。故に密談場所としてよく使われており、少し後ろ暗い感じのする店だった。

そんな店でスカーレットは膨らみ始めたお腹をさすりながら人を待っていた。

「すみません。人気レーサーのスカーレットさんをお待たせしてしまって」

「名前を出さないで。既婚者だし、夫以外の男と二人きりで会うのはできる限り避けたいの」

不快さを隠さず、席についた男――ターコイズに向かって言い放つ。なお、ターコイズは意に介さない。職業柄侮蔑や非難の声には慣れている。

「分かっていますよ。お二人は先日のテロ事件に巻き込まれた時も互いを庇い合ったという熱々のご夫婦。その後、解放された勢いで散々愛し合った結果、子どもを授かったこともね」

ターコイズもまた汚い欲望を隠さない目でスカーレットの肢体を舐め回すように見る。

「で、ご用は？　あなたが二人きりでお伝えしなければならないことがあるって言ったから来を受けたのだが、スカーレットはターコイズからインタビューを受けた。だが質問の多くが卑猥なものや彼女のプライバシーに関するものだったため途中で打ち切った。にもかかわらず、スカーレットを呼び出すターコイズに得体のしれない不気味さを感じている。無視してもよかったのだが、記者が持つ影響力を知っている彼女は無下にもできず、この場に来てしまっているのだ。

「へへっ。この度、私も雑誌を出版することにしましてね。もう読んでいただけました？」

パサッ、と見本の雑誌がテーブルに無造作に投げ置かれる。表紙には『インサイダー』という雑誌名が印字されており、人気女優のエルザの顔が大写しになっている。そして彼女の顔の隣には太字で、

『人気劇団団長と看板女優の許されざる恋！　〝天使リリス〟が堕天した熱い夜！』

と書かれていた。

「ミイスの発展はめざましい。ほとんどの市民が文字を読むことができるし、演劇や音楽を楽しんでいる。そこに目をつけましてね。人々を魅了する人気者や有名人について、市民はもっと詳しいことを知りたいのではないかと思い、こういった雑誌を作ったのですよ。よければ差し上げますよ」

ターコイズの説明を聞きながらスカーレットは辟易とした気分で雑誌をパラパラとめくった。

彼の言うとおり、有名人のスキャンダラスな事件を写真と文章で臨場感たっぷりに書かれている。妙に感心すると同時に、スカーレットは不快感のこもった目で睨みつけた。

「もし私がうっかりあなたのいやらしい質問に答えていたら、彼女たちと並んで世間の好奇の目に晒されていた、ということね」

スカーレットは、自分はターコイズの標的から逃れることができていると思っていた。彼女自身に後ろめたいことは何もない。もしグエンのことを侮辱するような記事を出した日には二度とペンを持てなくなるまで殴ってやろうと考えていた。しかし、

「たしかに質問には答えませんでしたねえ。ですけど、心というのはあなたの口よりもお喋りみたいだ」

ターコイズは懐から写真の束を取り出すと、裏返しにしてテーブルの上に置いた。そして顎で指すようにしてスカーレットに見るよう促す。その勿体ぶった態度にイラつきながらもスカーレットは写真をめくり、表情を失った。

写真に写っていたもの、それは窓ガラスに映る半裸の自分と彼女を慈しむように抱きすくめる男――グエンとは似ても似つかない美丈夫の駿馬族だ。

「アラン………」

その名前を呼んだ瞬間、スカーレットの心は十年前に飛び立ってしまった。

八つ年上の人気のダービーレーサー。選手としては上の下程度だったが、後進の育成に熱心で優秀な指導者であり、スカーレットも彼の教え子の一人だった。天賦の才に恵まれていたスカーレットに彼が目を掛けたのは必然で、多感な時期に信頼を寄せる異性と四六時中一緒に過ごしたスカーレットに恋心が芽生えたのも必然。猛烈なアタックをかけて彼を射落とし、純情を捧げ、将来を誓い合った甘い日々………それは、アランの戦死の報せとともに終わりを告げた。

スカーレットは次々に写真をめくる。そこにはありし日のアランの笑顔が鮮明に写し出されていた。込み上げてくる感情がなんなのか、スカーレット自身も分かっていなかったが、ただ涙がこぼれて止まらなくなった。

「素敵な元婚約者ですねぇ。今の旦那も比べられるのが気の毒なくらいだ」

「あなた……どうやって、こんな写真を」

「それは飯のタネなんで言えませんがね。ただ、『女の悦びを知ったのはいつ？』なんて質問で思い浮かべたのが昔の男じゃあまりにも今の旦那が不憫だなあ」

カーッ、とスカーレットは顔を赤らめた。膝に置いた拳をギュッと握りしめ、殴りかかろうとした。しかし、

「物騒な真似はやめろよ。俺に手を上げたらこの写真がミイス中にばら撒かれることになるぜ。

それに人気レーサーが一般人を殴って獄中で出産なんて面白い記事、俺じゃなくても記者が群がるだろうな」

　ターコイズは態度を豹変させてスカーレットの出鼻をくじく。冷静さを取り戻した彼女は自分が窮地に追いやられていることを理解した。

「別にアンタは何も悪いことしてないと思うぜ。年上の指導者と出来ちまうのだって不倫じゃないんだし問題ない。だがねぇ、男というのはみみっちい生き物でねえ。世間の人が『スカーレットさん、昔の男は良い男だったのに残念な男と結婚したねぇ』なんて噂されるとプライドが傷ついてダメになっちまうもんさ」

　スカーレットはその言葉にターコイズが何を言わんとしているかを察した。

「……分かった。分かったから絶対、この写真は載せないで」

「どうしたもんかなあ。もう既に次号の構成や枠が決まっているからねえ。こっちも安くない投資してるんだよ」

　ギリッ、とスカーレットは奥歯を噛み締める。

「お金なら払う……だからお願い……」

「『お願いします』だろ？」

　と言って、床を指差すターコイズ。スカーレットは悔しさで顔を真っ赤にしながらも床に膝を突き、頭を擦り付けるように下げて、

「お願いします……お金なら払いますから……どうか、勘弁してください……」

わなわなと震えながら頭を下げるスカーレットを見下ろし、ターコイズは愉悦に浸る。

(俺のような三流記者があのスカーレットを土下座させて金まで巻き上げている！　素晴らしい！　グレイスは俺の人生を変えてくれる！)

無遠慮にスカーレットの髪を掻き乱すように頭を撫でて耳元で語りかける。

「いいぜ。アンタの態度に免じて金で済ませてやるよ。なーに、アンタならいくらでも稼げんだろ。人気レーサーのスカーレットさん」

ターコイズの陰謀がミイスの街を少しずつ覆い始めた。

Chapter 4

4 この夜を忘れない

本日だけで三度目の取材拒否を受けて、アーニャはカメラを首に下げたまま宙を仰いだ。

こうなった原因を彼女は正しく把握している。『インサイダー』と呼ばれる雑誌のせいだ。

先月、発刊されたこの雑誌がミイス市民に与えた影響は大きい。今までも有名人のスキャンダルを取り扱った雑誌や新聞はあったがガセネタも多く、また文章を読み込んで内容を把握しなければならないことから余程の噂話好きにしか需要がなかった。だが『インサイダー』によってその構図に革命が起きた。見出しの数行の文章と写真だけでスキャンダルの概要が摑める上に、存在するものをただ写すことしかできない写真の仕組みが情報に信憑性を与えた。情報の拡散、浸透の勢いは従来の比ではなかった。

第一号のメイン記事、

『人気劇団団長と看板女優の許されざる恋！　〝天使リリス〟が堕天した熱い夜！』

によって、キャメロンは資産家の妻に三下り半を叩きつけられ、今後の公演ができなくなった。看板女優のエルザは周囲の目を恐れ、自宅に引きこもっている。

他にも有名歌手が仕事を得るためにコンサートホールの貸し主と男女の関係になったことや、大商会の会頭が違法な方法で私腹を肥やしていたこと、市議会の議員がギャングと手を組んでいることなど、様々なスキャンダルが証拠写真と共にミイス中に広まった。

小説や演劇のようなフィクションではなく、リアルを娯楽に変えた『インサイダー』のゴシップ報道にミイス市民は熱狂している。

悪事や不祥事を起こした者を責め立て、落ちぶれるところを見届ける快感に酔いしれる人々は日増しに増え、それを暴く編集長のターコイズに熱狂的なファンが付いたりもしている。さらには第二のターコイズになろうと街中のあらゆることにレンズを向けるフォロワーまで現れ出した。

アーニャとエメラダの結婚情報誌作りもその連中と同一視されてしまって、取材を断られることが増えていたのだ。

「すご〜〜〜〜〜〜く嫌なムードですよね！　ミイスの街全体が！」

文句を言うアーニャの語気は荒い。自分の雑誌作りが進まないことにも苛立っているが、それ以上にスキャンダルを起こした人間を徹底的に追い詰めようとする人々に怒りを覚えていた。

「悪事を裁くのは保安隊とか裁判所の仕事じゃないですか！　黙って通報すればいいだけなのに！　あまつさえ誰々が不倫していたとか、恥ずかしい過去があったとか法律に触れないことをした人まで罰するなんて何様のつもりなんですか！」

バンバン！　と執務机を叩くアーニャ。彼女の言葉をうんうん、と頷いて聞いているエメラダ。ひとしきり怒りを吐き出したのを見計らってエメラダは提案する。

「仕事にならないんだったら、いっそ遊びに行かない？」

「遊びに？」

「そうそう。私がこの街にいるのもあとわずかだから。アーニャちゃんにはたくさん迷惑もかけちゃったし、奢っちゃうよ。パーっと遊ぼう！」

そう言って眉間に皺を寄せているアーニャを外へと連れ出した。

エメラダはまずブティックへとアーニャを連れて行った。マリーハウスの制服を脱がして着せ替え人形で遊ぶかのように次から次へと服を試着させる。最初は乗り気でなかったアーニャも自分の身体にピタリと合うショートパンツを穿いたあたりから気分が乗ってきた。

「ちょ、ちょっと脚見せすぎじゃないでしょうか」

「大丈夫大丈夫。可愛いから大丈夫。上はこれなんてどう？」

「えっ？　ほとんど布がないんですけど！」

「おへそを見せて、鎖骨も見せて……アーニャちゃんはスリムだから似合う似合う」

「こういうのって胸がないとダメなんじゃ」

「逆よ逆。胸なんて大きすぎると似合う服がなくなっちゃうし。逆に私は細い娘が羨ましいんだから」

「……だったらちょっと分けてほしいです」

などとやり取りをしながらアーニャのトータルコーデが完成した。

タイトなショートパンツとブラトップでアーニャの健康的に引き締まった細い肢体を強調し、その上からオーバーサイズのジャケットを羽織る。

普段とはまた違う小悪魔チックな印象を与える装いに、鏡を見たアーニャも思わずはしゃいでしまう。

「わーっ！　なんだか自分じゃないみたいです！」

「ちゃんとアーニャちゃんだよ。若くて可愛いんだから武器にしていかなくちゃ！　さあ、次は……ゴメン、何も考えてなかったわ。とりあえず街歩きでもしましょうか」

ハイ！　と元気よく返事をしたアーニャは踊るように店の外に出て行った。

それからしばらく街歩きをしたあと、エメラダがある劇場の看板を見てアーニャを呼び止めた。

「この舞台面白そうじゃない？」

「なになに……『仮面猫人族〜怒りの肉球〜』……猫人族の英雄ゲオルグは戦争終結後、国に戻らず旅に出た。自分の過去を隠し風来坊のジョーと名乗って諸国を漫遊していたが、魔王軍残党に支配された村を訪れる。暴力で無辜の民を虐げる悪人たちにジョーの怒りは爆発する……うーん、ちょっと子どもじみていません？　それよりもこっちの『天使の棲む田舎町』とかの方が大人のラブストーリーって感じで」

「ああ、それヒロインが死んじゃうヤツらしいからパス」

「サラリと酷いネタバレしてくれましたね！」

エメラダのペースに巻き込まれて、なし崩し的に『仮面猫人族』を観るハメになったアーニャ。しかし、いざ舞台が始まると主演俳優の華やかさと軽やかな身のこなしに度肝を抜かれ、悪党達の残忍さに怒りを覚え、虐げられても心までは支配されない人々の健気さに胸を打たれた。そして、後半にかけて繰り広げられる大活劇。ジョーは顔の上半分が隠れるマスクを着けて悪党どもを蹴散らしていく。観客席の興奮はピークに達し、芝居であるにもかかわらず「がんばれー！」「そこだぁ――！」と声を上げての応援が始まった。アーニャとエメラダも、

「立てぇ――――！　立ってジョー!!」

「ああっ！　でも敵が多すぎる！　絶体絶命ね！」

「くっそぉ！　こうなったら同胞の私が加勢します！」

「アーニャちゃん！　それはダメ！」

と我を忘れそうになりながら観劇を楽しんでいる。

ジョー役の主演俳優ベンジャミン・フォールドは端整な顔を歪め、体を引きずるようにして立ち上がり、

『負けられない……！　お前たちが力で何もかもを支配できると思っているのなら、俺はそれ以上の力でお前たちを叩き潰す！』

と啖呵を切るやいなや、風車のように両腕を振るい、ピシッと構えを取る。そして、地の底から湧き上がってくるような力強い声で、

『変……身――――！』

と唱えた。次の瞬間、舞台上で煙幕が爆発した。煙が舞台を覆い、観客はジョーの姿を見失う。やがて風が流れ煙が消えたその場所には、

「あ、ああ――――っ!!　嘘ぉっ！　先祖返り!?」

アーニャの絶叫の通り、先祖返りをしたジョーが立っていた。もっともアーニャの先祖返りとは比べ物にならないほど純度が低く、やや身体が大きくなって腕や脚に鎧のような毛が生えただけだ。とはいえ、これがこの芝居の見せ場だったらしく、アーニャに先に言われてしまった主演俳優は苦笑しつつ、

『……天の声か、地の声か、それとも人の声か！　誰かが声を上げたとおり、これが俺の切り

札『先祖返り』だ！　そして、必殺のレオ・パ――――ンチ！』

とアーニャを弄り（いじ）ながら見得を切ることで、観客の笑いを取りつつ物語を軌道修正した。アーニャは赤面して肩をすぼめたものの、最後まで観劇した。

「あっはっはっはっは！　え？　それであのベンジャミン・フォールドに客弄り（きゃくいじ）させちゃったの？」

「そうなのよぉ！　他にも彼がピンチの時には加勢しようとしたりのめり込んじゃってね」

「あららら〜、まだまだ子どものアーニャちゃんは芝居と現実の区別がつかないんでちゅね〜」

観劇の後、シルキが最近働き始めたと聞いていた酒場にエメラダと訪れたアーニャは、散々観劇中の失態をからかわれていた。ムスッ、としたアーニャは仮面猫人族（レオーネ）のマスクをかぶって表情を隠す。

「無視しないで話に加わりなさいよ〜」

「イタタタタタ！　耳つねらないで！　耳！　ちぎれちゃうっ――――ていうかシルキ姉ちゃんが酒場で働いているって言ってたから来てみたけど、ここ接待酒場じゃない！　美容師は⁉

お店持つ夢は⁉」

アーニャが問い詰めるとシルキは平然とした顔で、

「これも夢への一歩よ。自分のお店を持つにはお金がたーくさん必要。中にはお金持ちと結婚したり、愛人関係になって金を引っ張る人もいるけど、そういうのは私の性分じゃないからね」

と答えた。アーニャはいろいろな意味で心配になる。

「だから昼は美容師、夜は接待酒場の接待係（ホステス）……それって大丈夫なの？　最近、他人に対して厳しいというか、よくない噂（うわさ）が巡りやすいし」

「問題なし。どっちの店長にも許可は取ってるもの。それに、どっちの仕事も恥ずかしくないように勤めているもの。美容師としては来てくれたお客さんが気分よく毎日を送れるような髪に整えてあげる。接待酒場では翌日からの仕事の活力になるよう気持ちよくお酒を飲ませてあげる。それができている限り私に後ろめたいことなんてないわ」

胸元が大きく開いた過激なドレスを纏（まと）って堂々と仁王立ちするシルキ。

（やっぱ、私の姉貴分は強い人だ……）

とアーニャはしみじみと実感していると、エメラダがシルキに話しかけた。

「あの野良猫（のらねこ）みたいだったシルキちゃんが後輩に仕事の心構えを語るようになるとはねえ……私も歳（とし）を取るはずねえ」

「あはは。ナイス長耳族(エルフ)ジョークだね。この三年、私だけが変わってあなたはミリほども変わってないじゃない」

「ウフフ……ちゃんと変わったわよ。もうすぐ人妻になるのよ、私」

気安く言葉を掛け合う二人を見てアーニャは尋ねる。

「あのー、もしかして二人って知り合い？」

「そうよ。マメに連絡を取り合うような仲ではないけど、ミイスに出てきたばかりの頃はいろいろ相談に乗ってもらったっけ」

「あの頃のシルキちゃんは『大人なんて信用できない』みたいな顔してたわねえ。放っておけなくて見かけるたびに声をかけていたの。まさかそんなシルキちゃんの朋輩(ほうばい)が私の仕事の同僚で後継者になるんだから人生って目まぐるしいわぁ」

意外な繫(つな)がりに目をパチクリさせるアーニャ。シルキはマドラーで水と蒸留酒を混ぜながら語り出す。

「アーニャも知ってのとおり、里でいろいろ揉(も)めていたからね。街に出てきたからってコロリと大人を頼れる気分じゃなかったのよ。だからいい具合に距離を置いて接してくれるエメラダはありがたかったのよ。まあ、邪険にしているような素振りを見せちゃってたケド」

出来上がったお酒をエメラダの前に差し出して、シルキは頭を下げた。

「ありがとうございました。おかげで楽しくミイスで暮らせています」

エメラダは短く「うん」とだけ応えるとグラスを呷った。

ナイフみたいに尖っていたシルキにエメラダがお節介を焼く姿を想像するのはアーニャには容易かった。しかし新たな疑問が浮かぶ。

「ねえ、そんなにお世話になっていたのに私がマリーハウスで働き始める時に教えてくれなかったの？」

「ん〜〜単純にエメラダのことを忘れちゃってたから」

「薄情！」

「たしかに最初のうちは話し相手になってもらって嬉しかったけど、男引っかければ話し相手以外にもいろいろ便利なことが分かって、エメラダに会う機会も減っていったし」

「また男、おとこ、オトコ！　シルキ姉ちゃんどんだけ男好きなの⁉」

「そりゃもう……親にも見せられないようなことができるくらい」

「このハレンチ！　スケベ！」

二人の掛け合いを見せ物のように楽しみ、エメラダの酒は進んだ。

夜はとっぷりと更け、通りを歩いているのは酔客ばかりとなった。アーニャとエメラダも肩を組み、足をふらつかせながら歩いている。

「エメラダさん、ありがとうございました。パーッと遊んで気が晴れました」

「良かったわぁ。やっぱりアーニャちゃんは笑ってるのが一番！　怒ったり悔しがったりしてせっかくの可愛い顔を歪めちゃダメよ。私との約束ね」

まるで長年の友達に話しかけるかのように屈託のない笑顔でアーニャに笑いかける。

「もっと早く、仲良くなっておいたら良かったなあ。そうしたら今日みたいな夜をたくさん過ごせたのに……」

皿の上に載っていた美味しい料理が残りわずかになってしまったような切なさをアーニャは感じている。それを察したエメラダは子供に寝物語を聞かせるような優しい声で説く。

「長耳族は忘れっぽい種族なの。ぼんやり過ごしていると年単位で何も覚えていない空白の時代ができてしまったりね。長寿の種族は多かれ少なかれそういうところがあるわ。多分、神様がそういう風にお作りになられたんでしょう。長い人生を生きるのに多すぎる記憶は重荷になるから。でもね、そんな長耳族でもたった一晩のことやたった一つの言葉を何百年も覚えていることもあるのよ。多分、今夜はそういう夜だと思うわ」

「エメラダさぁん……」

自分と同じようにエメラダがこの夜を惜しんでくれている。そのことがたまらなく嬉しかった。

　サウスタウンの往来に差し掛かった二人。ミイスの中心街の中でも夜に活気づくこの地区は娼館（しょうかん）が多い。うっかり細い道に入ってしまうと両側から娼婦（しょうふ）の客引きに遭ってしまう。だが、女二人で歩いていれば特に声はかけられない。たまに冗談めかして「女同士が好きなら応えるよ！」などという声がかけられることもあったが、スルーして歩く。

「このあたりの雰囲気は昔と変わらないなあ。もちろんお店も人も増えたんだけど、雑多な感じというか男も女も欲望むき出しの感じがねぇ」

「エメラダさん、このあたりお詳しいんですか？」

「……そりゃあね。ま、ショウくんの方が詳しいんでしょうけど」

「あはは、あの人は娼館（しょうかん）をねぐらにしているって言いますからねえ。今日もこの辺で遊びまわっているんじゃないですか？」

　吐き捨てるようにショウを揶揄（やゆ）するアーニャだったがそこに、

「さあさあさあ、寄ってらっしゃい見てらっしゃい！　ミイスの街に文明開花が訪れた！　真（まこと）を写すと書いて写真と呼ぶ！　こいつのせいで画家の半数は廃業だ！　長耳族（エルフ）の美貌も猫人族（レオーネ）の愛らしさも小人族（ハーフリング）のイケナイこととしたくなるカンジも、カメラという機械は嘘偽（うそいつわ）りなく写し出す！　娼館に入っても、薄暗い照明に揺蕩う紫煙にごまかされ、肝心の娼婦の顔がお目にかかれない！　そこで我々考えた！　だったら店の中に入る前にご紹介しておこうと！　ここに並べたパネル写真はうちで働く女の子のありのままの姿！　嘘偽りなく美女揃い！　財布の中身を考える暇があったらズボンを脱いで飛び込んでおいで！」

と客引きの口上を澱みなく述べる聴き慣れた声が耳に飛び込んできたので反射的に走り出した。声がした娼館の店先には小窓ほどの大きさのある写真が飾られており、口上に釣られた男たちがマジマジと写真と睨めっこをしている。

「ヒューっ！　この蟲人族の娘、めちゃくちゃ美人じゃねえか！」

「こっちの鬼人族も！　長耳族とのハーフか？」

「なんてでけえ乳ぶら下げてやがるんだ!?　こんなの違法スレスレだぜ！」

「絶世の美女揃いじゃないか……こんな店を今まで見逃していたとは不覚！」

「よし！　パンツ脱いだ！　いくぜ一番槍！」

「お前ばかりいい思いさせるかよ！　援護する！」

大盛り上がりで男達は娼館へと突入していく。それを見送って悪そうな笑みを浮かべている客引きの男の正体は――

「転職したんですか？　ショウさん？」

そう。マリーハウス副所長のショウその人だったのだ。

「なんだネコ娘、こんな時間に買い物か？　男娼だったらあっちの通りにいる『ロリコンのマサ』っていうヤバい奴がオススメで」

「バッカじゃないですか！　バーカバーカ！　百万歩譲って男し………を！　買いに来たとしてなんでそんなヤバそうなのを紹介するんですか⁉」

唾を飛ばすようにしてショウに反論するアーニャ。エメラダはアーニャを宥めながらショウに尋ねる。

「ここってバンじいのお店でしょ？　なんだか随分様子が変わったけれど」

「さすがはエメラダ、お目が高い。ミイスで最も歴史が古いが店構えも主の考え方もカビが生えていたバンじいの娼館。それをこの手で蘇らせようと思い立ったのは、遡ることひと月前――」

と、ショウは芝居がかった口調で語り出した。

●　○　●　○　●

「マリーハウスの副所長は職場より娼館や酒場にいる方が多い」というのは通説だが、例に漏れずその日もショウは日暮れ前から娼館のある通りをブラついていた。

「今日はどんな女にするかなぁ。暑くなってきたし、水槽で人魚とくんずほぐれつってのも良いな。あ、そういえばバンじいのところに龍鱗族の新人が入ったとか言ってたっけ。連中の肌は冷たいからなー」

昼食を選ぶような気軽さで娼館を物色する。そんなショウに只人の老人が声をかけてきた。

「よう。ショウ。相変わらず色気振り撒いてるのう」

「バンじい！　ちょうどいいや。お前の店に行こうと思ってたところなんだよ。龍鱗族の新人空いてる？」

「もちろんじゃよ！　たっぷりサービスさせるから楽しんで行っとくれ！」

足を弾ませてショウはバンじいの経営する娼館に入っていった。

しかし、一時間後――

「この詐欺ジジイ——っ！　ぶん殴らせろっ！　こんのヤロぉおおお——！」

ショウが血相を変えて娼館から出てきた。バンじいは「やっぱり……」と半ば分かっていた様子で、抵抗することもなくショウに胸ぐらを摑ませた。

「龍鱗族といえば長耳族に並ぶ美貌の種族じゃねえか！　なのに、なんだあの人喰い鬼みたいなの！」

　ショウのお相手を務めた龍鱗族は、筋肉質で骨格も大きい恵まれた体格の持ち主だった。その上、力強い眉や意志の固さを感じさせる四角い顎と分厚い唇……言うなればゴツい男そのもののような女性だったのだ。

「ふぉふぉ、これが本当の大型新人ってやつじゃな！」

「笑えねえよ！　重いし硬いしドラゴンと戦ってる気分だったわ！」

「あっ……でも、することはしたんじゃな」

「……据え膳食わずはさすがに可哀想だろ。なんとか恥はかかせねえように心掛けたさ」

　わざわざ『怠慢』のグレイスを使って相手の身体能力をコピーし、どうにか事を致したショウ。相手の嬢を悦ばせているのは流石の一言である。

「ったく！　もう少し嬢を選べよ！　前から思ってたけどさぁ、お前の店はブスとかデブとかが多くて入るのに勇気がいるんだよ！　見ろよ他の店を！　カメラ使って店一番の美女の写真撮ってばら撒いたり、みんな競争に勝とうと必死なんだよ！　昔と違って買い手の要求レベルは上がってるんだ。安かろうブスかろう、なんて商売じゃこの先やっていけねえぞ！」

説教モードに入るショウだが、バンじいはバツが悪そうに頭を掻く。

「お前さんの言い分はごもっともだがな……あんまり選別はしたくないんじゃよ。特に容姿を基準にはのう。ウチで働いているのは他の娼館でお断りされちまった娘も多い。だが、娼婦にならなきゃいかんところまで追い詰められている娘を放り出すわけにはいかんじゃろう」

「けっ。娼館主みたいなゲスな仕事をしているくせに妙なところでお優しいなぁ」

悪態をつくショウだったが、バンじいの気持ちは分からなくはなかった。それにバンじいの教育は行き届いており、見た目はともかく娼婦としてのテクニックやサービスについてはショウの満足に足るものだ。それに今でこそミイスは娼館が軒を連ねる歓楽街があるが、開発当初は建設工事の関係者以外は人がいなかった。そんな不毛の土地に娼婦を連れてやってきて、男達の持て余す性欲を処理してきたバンじいの功績は大きい。このまま競争に敗れ、彼を夜の街から去らせてしまうのは惜しいとも思っている。

「まあ……しゃあねえな。ちょっと知恵貸してやるよ」

ショウはため息まじりにそう言った。

●○●○●

「で、考えたのがこれですか？　たしかにデカデカと写真が飾られていたら目立ちますが……」

アーニャはじっと店先のパネルを見つめる。すると、ショウの話の矛盾に気付いた。

「メチャクチャ美人さんばかりじゃないですか。これで見た目が悪いと言われたら世の女性が全員敵に回りますよ」

彼女の言うとおり、パネルに写っているのは絶世の美女ばかりである。エメラダも、

「んん〜……こんな綺麗な子見たことないわ。いたらもっと話題になってると思うし」

と首を傾げている。腑に落ちない様子の二人を見てショウはニンマリと笑う。

「へへへ、そのとおり。こんなヤツはこの街に、というかこの世に居ねえ。なんたって俺が写真を加工して作った美女だからな！」

写真の加工という聞いたことのない言葉にアーニャとエメラダは呆気に取られた。

「写真なんてカメラのフィルムに写った像を引き伸ばして絵にしているだけのもんだろ。だったらフィルムの方を弄ったり、他のフィルムを切って組み合わせたりすればいくらでも加工できると俺は考えた。それで出来たのがこれだ」

左右の手に加工前の写真と加工後の写真をそれぞれ持ってアーニャに突きつける。

「………加工というか、元の顔がほとんど残ってないんですけど」

「髪の色とか角の形とか、そういう大枠は本人のままだぞ」

女は化粧で化けると言うが、そんな生易しいものではない。お世辞にも美女とは言えない娘が絶世の美女になれてしまうのだから。

「でも……この写真を見て、中に入ったら全然違う人出てくるんでしょ？　怒られません？」

「抜かりはねぇよ。店の中は照明をかなり暗くしている上に、軽めの催淫効果のあるギリギリ合法の香木を焚いている。店の外で美女の顔を頭に焼き付けておけば脳内補正で美女を抱いていると錯覚してくれるんだ」

アーニャは巧妙な手口に感心するも、やっぱり呆れてしまう。

「せっかくの文明の利器をこんなバカなことに使うなんて……」

「バカなことだが、誰も傷つけちゃいない。店はお客が増えてハッピー。嬢はお客が燃えてくれてハッピー。お客は絶世の美女を抱いている気分でハッピー。三方よしだ」

「たしかにそうですけど……」

どうにも納得いかないアーニャの背中をエメラダが笑いながら叩く。

「良いじゃない。『インサイダー』みたいなことして人を貶めている連中の何百倍かマシよ。マリーハウスの副所長としてはどうかと思うけどね」

「さすがエメラダ！　話が分かる！　あと、くれぐれもドナには内密に……」

急にこすい態度を取るショウをエメラダは笑う。

「ハイハイ。なんだか懐かしいわねぇ、このやり取り。ドナちゃんのことをそんなに気遣うなら最初から悪さしなきゃ良いのよ」

「気遣ってるわけじゃねーし。文句言われるのが嫌だからこっそりやってるだけだっつーの」

誰に対しても不遜な態度を取るショウが珍しく手玉に取られている。

だが、そんなことが目に入らないくらいアーニャは驚き、目を見開いている。

「ドナ……ちゃん⁉　え？　所長のコト……ですよね？」

「あっ……これは失敗。所長呼びを徹底するよう言われていたのにね。ショウくんのせいで気が緩んじゃった」

「いいじゃねえか。どうせもう少しで晴れて自由の身だ。仕事抜きで付き合っていくなら名前呼びの方が都合いいだろ」

ショウがそう言うと「それもそっか」とエメラダは呟いてアーニャに説明する。

「私がマリーハウスに創業時からいるって話は前にしたでしょう。さらに詳しく言うと、ショウくんとドナちゃんとはそれよりも前から面識があったのよ。私が一番最初にミイスに来ていたんだけどね」

「ああ……それで……所長をちゃんづけするの初めて聞いたから」

「フフフ、今やミイスきっての有名人で近寄り難いオーラ放っているものね。でも、街に来たばかりの頃は怯えた子猫みたいでねえ。なかなか警戒解いてくれなくて苦労したのよ」

「あの所長が⁉」

あまりにも意外な過去にアーニャは三度驚く。

「んふふ……もっと詳しく知りたい？」

「…………ええ、ぜひ！」

こうしてアーニャとエメラダの夜はまだまだ続くのだった。

◇　◆　◇　◆　◇

結婚後、グエンは転職を繰り返していた。高収入や名声を求めて向いていない仕事を闇雲にはじめては、失敗したり飽きたりして辞めてしまう。

「保安隊もパッとしねえな、マジで」

街を守る正義の味方、という触れ込みで隊員募集をしているが、ミイスの街は他の都市と比べようがないほど治安が良く、凶悪事件の類は少ない。グエンの今日の仕事はサウスタウンの裏通りの聞き込みだが、今日限りでこの仕事も終わりだと決めていた。

マリーハウスのブライダルフェアを狙ったテロ事件においてグエンとスカーレットの二人は

お互いを庇いあって戦い抜いた。事件の直後、生き残った安堵感と戦闘の昂りが相まって二人はとめどなく愛し合った。その記憶はグエンに深く刻まれている。

平和なミイスの街では命懸けでカッコいいところを見せる機会はない。そもそも恋人を戦争で亡くしている彼女に不安な思いはさせたくない。

だからグエンは仕事に勤しむ姿で彼女の心を惹きつけたかった。結婚して、子供ができて、その後もずっとスカーレットと愛し愛され続けたい。他人には恥ずかしくて言えない彼の本音だった。

「保安官さん。聞き込みと言われてもねえ。ウチもいちいちお客さんの顔や話なんて覚えてないよ」

兎耳族の中年男は面倒臭そうな態度でグエンの質問をかわそうとする。だが、今日のグエンは違った。

「この立派な耳は何のために付いてんだ？」

「い……てててて⁉　やめてくれっ！」

どうせ今日で保安隊を辞めるのなら後のことなんて気にかけず思い切ってやってやろう、とグエンは自棄気味に強引な捜査を行う。

「こんな裏路地で人目につかねえ店なんて格好の密談場所だろうが。なんかあるだろ、なんかがよぉ」

「わ、分かったよ！　くそっ……と言っても別に裏取引だのヤバいブツのやり取りなんてネタはねえぞ！　ちょっとした有名人が密会してたってくらいで」

「ほ──う。こんな店に有名人がねえ。お忍びのデートってやつか？」

グエンはどちらかと言えば下世話な人間である。有名人のスキャンダルとかも楽しんで聞くタイプだ。しかし……

「で、誰だよ。その有名人って」

「ギャンブル好きなら絶対知ってる人気ダービーレーサーだよ。駿馬族（ダービー）のスカーレット！」

「……………え？」

いきなり出てきた妻の名前にグエンは耳を疑った。

5　実録！　マリーハウス二十四時！

ミイスは世界最先端の技術と知識が集まる豊かで不安定な街。法整備も倫理観の構築も追いつかないまま急速な変化に翻弄されている。そのせいで何が現れるかというと成り上がりだ。今までの世界に無かったものを生み出すことで金と名声が流れ込み、庶民が一躍大権力者となるチャンスがある。

今回、その出番が回ってきたのは小人族(ハーフリング)のターコイズだった。『インサイダー』の人気は凄(すさ)まじく、印刷工場を増築し、作業員を増やしても需要に供給が追いつかない。戦争や貧困とは無縁となったこの街は、危険の味に飢えていたのかもしれない。悪事を働く者、秩序を乱す者、不快感をばら撒(ま)く者、平和な日常を揺るがす悪党に石を投げることで正義をなす快感とその不幸を見る甘味に酔いしれた。著名人や権力者の失墜を。それを伝える『インサイダー』を。それを生み出すターコイズを市民は求めた。自分達の手は汚れていないと錯覚しながら。

ミイスの中心街から外れた場所に建てられて間もないコンクリートビル。それが『インサイダー』を発行する『ウォール・アイズ』出版社の社屋である。最上階にある社長室でターコイズは玉座のように豪奢な椅子にふんぞり返って座っていた。

「社長！　面会希望者が来ていますが」

「どんな風貌だ？」

「分かりません。フードを目深に被っているので。ですが声からして女かと」

「よし、通せ！」

椅子から身を乗り出すようにしてターコイズは命令した。

しかし、現れた面会者がフードを外したのを見てげんなりとした顔をする。

「またか。もうお前に興味はないんだがな」

ターコイズに会いに来たのは飛鳥族のエルザだった。キャメロンとの不倫が報じられて以降、仕事も名誉も失い、自宅に引きこもり続けていた。看板女優を張っていたほどの美貌は顔のやつれと肌荒れによって損なわれ、自慢の極彩色の髪は色を失って麻のように荒れ果て、ところどころ脱毛の痕が見られ餓鬼のようであった。

「お、お金もあるだけ払いました！　地位も名誉も失いました！　なのに……どうして許してくださらないのです！」

『インサイダー』創刊号の目玉記事であったキャメロンとエルザの不倫は、続報という形で毎号掲載されている。記事の中身自体は有る事無い事好き勝手に書いているだけだが、写真という証拠が一緒に載っているだけで読者は記事の信憑性を疑わなくなる。

今やエルザは不倫だけでなく、違法薬物使用や劇団仲間への暴力や暴言、ファンに対する詐欺行為などありとあらゆる犯罪に手を染めていることになっている。そのため、保安隊から執拗な事情聴取を受けており、それが精神的な疲弊に拍車をかけていた。

「許せるわけないだろう。いきなり頭ぶん殴られて、危うく死ぬところだったんだぜ」

「な………なんのことを」

目を泳がせているエルザの目の前に写真を投げつける。エルザがターコイズの後頭部を金槌で殴っている写真だ。

「これを保安隊に渡せばムショ行き確定だな」

「ど、どうやってこんな写真を！」

エルザが驚くのは当然である。自分達の不倫をダシに強請を繰り返してきたターコイズに堪忍袋の緒が切れた彼女は、ターコイズを殴り倒し、証拠写真とカメラのフィルムを奪い取った。その様子を目撃した人間はキャメロンだけである。

だが、キャメロンに見られていたことがこの写真が生まれる原因となってしまったのだ。

ターコイズが授かったグレイスは『念写』。

カメラの被写体となる人間が頭に浮かべている光景を写真に写し出す。ただし、妄想や想像は写らず、確かな記憶として存在する光景しか写らない。星を落としたり、無数の虫を操ったりする異能に比べれば地味で危険性も少なく見える。しかし、ターコイズはこのグレイスと手慣れた強請(ゆすり)行為を組み合わせることで絶大な力を振るう悪党にのし上がった。

「写真の出所が問題じゃねえんだよ。お前さんが俺を殴っていることが問題なんだよ。大体なんだ？　俺のことを卑劣な悪党呼ばわりするけどよ。元々はお前らが後ろめたいことしてるからその報いを受けているだけじゃねえか。キャメロンの奥さんも気の毒だぜ。信じて尽くしていた夫に裏切られてさ。殺されても文句言えねえよ、元人気女優サマ」

ヒヒヒッ、と意地悪く笑うターコイズを前にエルザの心は折れた。無言のまま、ターコイズの手下に連れられて建物を追い出された後、虚無の表情で自宅に戻った。

その道すがら、彼女の顔を見た人間は一様に噂話(うわさばなし)をした。

「あれがエルザ⁉　ずいぶんみすぼらしくなって……」

「不倫女には似合いの末路さ。穢(けが)らわしい」

「引きこもっていたらしいけど開き直ったのかしら？　厚かましい女だこと」

「さっさと娼婦にでも堕ちてくれねぇかなぁ。あの羽むしってピィピィ鳴かせてぇ」

光り輝くステージで喝采と万雷の拍手を受けていた彼女に向けられる衆目の悪意は熾烈なものであった。人の心を圧し折るのが容易なほどに。


――その夜、エルザは自宅で手首を切った。


「やはり……なびかんか。キレる女だとは聞いたがなかなかだな」

ターコイズは今日も待っている来客がなかったことにため息をついていた。

『インサイダー』の影響力が強まれば強まるほどターコイズに弱みを握られている人間達は追い詰められていく。強請れば言われるがままに口止め料を差し出して、二度とターコイズに逆らうことのできない奴隷となってしまう。

当然、自棄になってターコイズを害そうとする者もいたが、金で雇われた屈強な用心棒達が彼を徹底的に護衛している。

一見、無敵のターコイズだが、強請のターゲットのとある女性は一貫して無視の態度を取っていた。

「あの女の弱みは握った。あれをバラせばヤツは全てを失う………だが、そうすればヤツは確実に俺を殺しにくる。用心棒を揃えたくらいじゃどうにもならねえ。俺が今殺されていないのは俺の死と同時にこの情報がばら撒かれるという脅しが利いているから……か」

命を賭けた綱引きにターコイズはひりつくような思いだった。拮抗した状態を崩すためにはもう一つ武器が必要だった。

「社長！　探していた男を捕まえてきました！」

「おお！　ご苦労！」

ターコイズは立ち上がり、カメラを持って部屋を出た。ビルの下の階にある一室に攫われてきた男、バンじいが囚われていた。

「な、なにをするつもりじゃ！」

「心配すんな。これ以上痛めつけたりはしねえよ。金も取らねえ。ちょっと質問に答えて写真を撮らせてくれればそれで良いんだ」

怪我をした老人を撮影するだけなのにターコイズの顔は興奮で赤くなっていた。

◇

◆

◇

◆

◇

病院のベッドで枯れた木のようになって眠るエルザの手をキャメロンは強く握りしめていた。

事件後、引きこもってしまった彼女の元を人目を忍んで何度も訪れていた。放っておくと何も食べない彼女に半ば無理やり食事を取らせ、命を繋ごうとしてきた。だが、ついに彼女は自ら命を絶とうとした。

血塗れのベッドに横たわっていたエルザを抱き抱え、病院へと運んだキャメロン。

彼はたしかに不貞を働き、彼の妻を裏切り続けていた。だが、根っからの悪人かと言われれば断言はできない。そもそも彼の妻は二十も年齢が離れていて、若く美しい男を金の力で囲い込んだと言って差し支えない結婚だった。

生粋の舞台人であるキャメロンは、自分の理想の舞台を実現するためならば、自分に向けられる好意を利用することに抵抗はない。その結果、傷つけた女性も怒りを買った女性もたくさんいた。

だが、エルザだけは違った。舞台上で誰よりも輝く才能を放つ彼女にキャメロンは男として心を惹かれた。打算なしでリスクであると分かりながら彼女を愛していた。

「エルザ……ゴメン……ゴメンよ……」

自殺未遂から三日が経過して、未だ目を覚まさない彼女に譫言のように謝罪を繰り返す。

そんな彼の背後に元パトロンであるハルマンが現れた。ハルマンはキャメロンの不貞について『インサイダー』の記事だけではなく、本人達から直接聞いており、全ての事情を把握していた。

「キャメロン。君の舞台が好きだったよ。強烈なテーマ性とエンターテインメント性を両立させることができる稀有な劇作家だ。『天使リリスの落涙』も良かった」

演目名が出てきた瞬間、キャメロンの脳裏にエルザと立った舞台の記憶が蘇った。

「あの舞台はキャスティングから難航しました。役柄と役者の種族を合わせるというのはミイスの演劇界では鉄則とされてきましたが、俺はあえてエルザを推しました。舞台役者たる者、無いものでもあるように見せなければならない。彼女はとても想像力と表現力に長けていた。自分の背中の翼を天使の翼だと思い込み、そんなエルザに釣られるように観客や共演する俺達の目にもその翼が映っていた――」

立て板に水を流すようにキャメロンはエルザの芝居を語った。聴き終えた後、ハルマンは満足げに頷く。

「君の言うとおり、あの舞台のエルザはどの天使族の女優よりも気高い天使族に見えた。ミイスの街で君の書いた脚本でエルザが演じているところを……もっと、観たかった」

ハルマンは心の底からキャメロンとエルザの才能を惜しんでいる。世間の声がどうあろうと、ハルマンが私財を注ぎ込めばキャメロン達は今まで通り公演を打つことはできる。しかし、

「スキャンダルはいただけなかった。それでも公になった以上、興行主として許すわけにはいかないのさ。君達の作家の人間性と作品の出来は結びつくものではないと理解しているがね。不貞を許せば『優れた芸術は免罪符となりうる』という誤った価値観が広まってしまう恐れがある。芸に長けていれば何をしてもいいとなれば、芸術家から良識が失われ、さらには良識なき者が芸術の世界に免罪符を求めて集う。それは私が望む芸術の在り方とはかけ離れたものだ」

ハルマンにとっても苦渋の決断だった。もし、このスキャンダルが世間に広まっていなかったなら、援助を打ち切るようなことはしなかったろう。むしろできる限り、情報が広まらないよう尽力したはずだ。だからこそ――

「不愉快極まりないんだよ。芸術を理解しない愚物が金儲けなんぞのために芸術の担い手を、その才能を踏み躙ったことが。私がこんなに苦しみ、怒りに胸を焼かれていても奴等は何も痛んでいない。そんな理不尽が許されていいわけがない……そう思わないか？」

静かではあるが憎悪に燃えるその声にキャメロンは怯え竦んだ。後ろを振り返ることすらできないまま、知りうる限りのターコイズの情報を吐き出した。

◇◆◇◆◇

見習い美容師兼、接待酒場の人気接客係であるシルキの朝は早い。昨夜も気が合った鉱夫族の男とめくるめく夜を過ごした後、そのまま店にやってきて開店準備をしていた。

「おはよー、シルキちゃん。今日も肌ツヤツヤねぇ」

店長である只人の男は中性的な風貌をしている上に、喋り方が女性的だ。しかし、男女分け隔てなく、人当たりが良い好人物で、仕事を掛け持ちしているシルキに対しても嫌みひとつ言わない。この声かけもガールズトークの一環である。

「えへへ、昨日の晩引っ掛けた男がなかなか具合が良くって。シルキは勝ち誇るような笑みで、『鉱夫族の指は口より雄弁』というのを堪能させていただきました」

明け透けな猥談で返す。店長は腹を抱えて笑いながらも、

「とっても面白いけどお下劣な話は身内だけにしときましょうね。世間はとっても無粋だからね。こんな雑誌みたいに」

と、やんわりと釘を刺す。彼の手元には早刷りの『インサイダー』があった。施術中は客が手持ち無沙汰になってしまう美容室に新聞や雑誌は付き物。その中でも『インサイダー』の人気は高まっており、客のニーズに応える形でシルキの店にも置かれている。

（私が店長ならこんな下品な雑誌置かないんだけどな）

シルキは汚いものを触るような気分で手に取ると、客の座席の前にぞんざいに置く。

「えっ？」

置いた時に表紙を表にしてようやく気づいた。今日の『インサイダー』の標的にされていたのは彼女もよく知る相手だということに。

『結婚相談所マリーハウスのあきれた実態！　これでもあなたは結婚したいですか？』

ミイスで最初にできた結婚相談所『マリーハウス』。恋愛結婚、異種族結婚を推進し、若い男女を中心に親しまれている施設であるが、その実態はなかなかに酷（ひど）い。

借金持ちの男をあてがわれて泣く泣く世話を焼かされている女性や、貞操観念のカケラもない妻に寄生される裕福な男性。中には売春宿で働いていたことを隠して良家に取りいったアバズレもいる模様。恋愛は所詮、男と女の化かし合い。まさに人生の墓場と思わざるを得ない悲惨な結婚体験が被害者たちからは聞こえてくる。

そんな組織だから当然、ロクなスタッフがいない。看板ネコ娘を自称する猫人族のAは自分のルックスに自信を持っており、相談者の男たちを色仕掛けで籠絡している。そうやってなんでも言うことを聞くようにさせてから不良物件の女性を嫁がせるのが彼女の常套手段らしい。
極め付けは副所長だ。ミイス随一の遊び人として名を馳せている彼だが、本誌が独自に取材し、手に入れたこの写真を見てほしい。ここに写っているのは副所長と——

バリバリバリバリバリバリバリィィィィ!!!!

「フ——ッ、フ——ッ、フ——ゥ………」

アーニャは怒りのあまり手に持っていた『インサイダー』を引きちぎった。あまりの怒りと悔しさで声が出せないが、心の中では泣き喚いている。
ありえないあり得ないあり得ないあり得ない！　こんな出まかせばかりの記事を書いて世間にばら撒くなんて！　みんな不幸な結婚をさせられている？　ふざけるな！　私たちが幸せな結婚を望まなかったことなんて一度もない！　本当に合うお相手が見つからない場合は紹介な

んてしない！　付き合っているうちにズレが大きくなり過ぎたら別れるお手伝いだってしている！　いつだって相談者の気持ちを最優先に仕事をしているのに！　しかもなんで私が色仕掛けしてポイント稼いでることになってるの⁉　一度もしたことないし、やろうと思ったことすらない！　だいたい私が色仕掛けできるようなタイプに見えるなら目悪いでしょ！　絶対、私のこと何も知らない人が書いてる！

　出まかせばかりでもここまで悪く書かれてしまえば不愉快であるし、加えてマリーハウスのことを全く知らない人間が読んだらそのまま信じてしまう恐れがある。そして、今の『インサイダー』には勢いがあった。世の中の成功している人や商売の裏を暴き、世間に知らしめることで権威を失墜させてきた経緯がある。真偽を判断する力は人間にはない。より大きな発信力を発揮した者が情報を制する。

「それに……なんて写真をっ‼」

　たくさんのページが取られたマリーハウスのバッシング記事。その中でも一番衝撃的だったのが一枚の写真だ。その写真には裸の男女が絡み合う姿が写っていた。褐色の肌の夜の長耳族の美女と長身で目つきの悪い只人の男――ショウとエメラダが愛し合っている瞬間が激写されていたのだ。

その衝撃にアーニャは無意識に涙を流していた。

当のショウやエメラダは出勤していない。だが、他の秘書係(セクレタ)やスタッフも騒然としていてとても開店できる状態ではない。

「しょ、所長！　所長はどこにっ！」

アーニャが呼びかける。すると、清掃係が、

「所長なら、届いた手紙を見て血相を変えて飛び出して行きましたよ」

「手紙⁉　誰からの？」

「そこまでは……ああ、でも受け取った手紙の送り主は帳簿につけてありますからこの中に」

清掃係から奪うようにしてアーニャは帳簿を見る。相談者や取引業者、市役所の関係部署の人間の名前が並ぶ中に、アーニャが探していた名前があった。

「ウォール・アイズ………ッ！」

その名を見れば、今日の『インサイダー』の発行が関係しているのは確実だ。

アーニャは拳を握り込む。

「所長はきっと話をつけようとしてくださっているんですよね……でもっ！　こんなことされて黙って待っていられるほど、私おとなしくないんですよぉっ！」

ダン！　と帳簿を机に置くと、アーニャは一目散に家に戻った。

制服を脱ぎ捨てて、フェザースライム製のブラトップとスパッツを身に纏う。伸縮素材のそれらはアーニャの身体に張り付くようにして肌を覆ったが……

「……流石にこれは恥ずかしいな」

と呟いてジャケットとショートパンツを上から着込んだ。

ウォール・アイズ社のビルでは『インサイダー』の印刷作業と出荷作業に追われていた。情報の鮮度を命とする『インサイダー』は印刷されたそばから配送されるが、逆にいえば出回るのにタイムラグがあるのだ。膨大な需要に応えるための体制だが、昼前の今でも出荷部数は全体の二割といったところだった。

ターコイズは印刷室を眺めてニヤニヤと笑う。刷り上がっている本の表紙にはマリーハウスを揶揄する見出しが大きく躍っている。

ドナを始めとするマリーハウスのスタッフが築き上げた信用が地に堕ちる。その成り行きを見るのも楽しみだったが、それ以上に彼には大きな狙いがあった。

命を賭けていることの不安、逆にこの賭けに勝てばいよいよ自分の栄華が約束されるという期待。相反する二つの感情に胸は高鳴っていた。そこに――

「社長！　大変です！　侵入者が入り口で大暴れしています！」

その言葉を聞いてターコイズは「来たか！」と勇んで振り返る。

「どんなやつだ！　その侵入者は⁉」

ターコイズの問いに部下の男は目を逸らし口籠もりながら応える。

「………です」

「は？　聞こえん‼　輪転機を回しているんだ‼　声を張れ‼」

怒鳴られた部下の男は自棄気味に声を上げる。

「仮面猫人族です！　仮面猫人族のマスクをつけた子供が大暴れしているんです⁉」

素っ頓狂な答えにターコイズも「ハァ？」と呆れ首を傾げるしかなかった。

「こんなものを配り歩くんじゃない！」

仮面猫人族はウォール・アイズの社員から刷り上がったばかりの『インサイダー』の束を取り上げると、綿を裂くように容易く引きちぎりその場に打ち捨てた。

その光景を吹き抜けの上階から見下ろしていたターコイズは一瞬狼狽(うろた)えたが、すぐに我に返り命令を出す。

「警備隊！　あのガキを叩(たた)きのめせ！　殺さない程度にな！」

不殺の指示は法を慮(おもんぱか)ってではない。生きてさえいれば『念写』のグレイスで情報を吐き出させることができる。

（タイミングから考えて十中八九、マリーハウスの関係者だろうが……ヤツでなければ問題ない。大金を叩(はた)いて腕っぷしの強い連中をミイスの内外から集めたんだ）

自分を安心させるように言い聞かせるターコイズだが、念のためにと社長室に逃げ戻り、固く部屋の鍵を閉ざした。

「チィッ!!　案外やる――――ッッ!?」

仮面猫人族(レオーネ)……もといアーニャは追い詰められていた。

警備隊は武器の所持が認められていないミイス市内でも合法扱いのディフェンダーと呼ばれる特殊警棒で武装している。それに対して彼女は丸腰である。先祖返りをしていない状態のアーニャの戦闘力は高いと言っても獣人(じゅうじん)の少女の常識の範囲内で対人戦闘の経験も少ない。

集団で力任せに押し込まれると太刀打ちできず後ろから身体(からだ)を羽交い締めにされた。

「くっ！　はなせっ！　レオ・キィ――ック！」

「痛っ！　暴れるんじゃねえ！　クソガキが！」

強く耳を引っ張られたアーニャは痛みのあまり悲鳴を上げる。

「おい、よく見たら女じゃねえか！　胸はないけど」

「だな！　男か女か分からねえ体つきだけど」

自分を見下ろし嘲り笑う男達に殺意の目を向けるアーニャ。すると警備隊の一人が、

「女だって気づかれない方が幸せだったのになぁ……おい！　誰かカメラ持って来い！　裸にひん剥(む)いて写真ばら撒(ま)いてやろうぜ！」

と煽(あお)ると男達は歓声を上げた。元々、ターコイズが金でかき集めた無骨者達だ。兵隊としての規律や良識などカケラも持ち合わせていない。

自分の身に迫る脅威を実感して焦(あせ)るアーニャだが、自分より体格も力もある人間にガッチリ押さえられては身動きが取れない。

おぞましい未来に背筋が冷たくなりかけた、その時だった。

「『絡(から)み、突き刺され』――【稲妻の荊棘(ブリッツ・ナーデル)】」

鉄火場に不似合いな気怠く色っぽい女の声が響くと、次の瞬間、アーニャを押さえていた男達に稲妻が襲い掛かり、その意識を断った。

「この稲妻!?　まさか!!」

アーニャは床を蹴って敵の包囲を脱出すると、声の主の方に向かって跳ぶ。声の主は色眼鏡をかけ、顔もバンダナで覆っている。しかし、アーニャは彼女を見間違えはしない。

「シル――――」

「名前出すんじゃないわよ！　仮面猫人族！」

正体をバラされかけたシルキは声を荒げた。慌てて口を押さえたアーニャを巨大な柱の陰に引き込むと、人差し指と中指を唇の前に立てる。

「【墨のような霧】」

詠唱を不要とする即効魔術。指先に出現させた魔力の球を敵側に放ち床面で爆発させる。殺傷能力はないがイカの墨のように濃い黒煙が辺りを包み、視界を遮った。そのことを確認してシルキは色眼鏡とバンダナを外し、派手な美貌を曝け出した。

「一人でアレだけの男を相手しようだなんて食いしん坊にも程があるわよ」

「冗談言ってる場合じゃないって！　マリーハウスの記事が『インサイダー』に載って、エメラダさんが――――」

「知ってる。ショウと寝てる写真なんて見たら、どんな奇特な男でもドン引きしちゃうわよ。出回った分は後でどうにかするとして、供給元を止めないと」

シルキもまたエメラダのために駆けつけてくれた。同じ気持ちを持った仲間ができたことにアーニャは強く勇気づけられた。

「それより、アンタふざけてるの？　アンタがやらなきゃいけないのは変装じゃなくて変身でしょ！　アレになれば楽勝だし正体も隠せる！」

「そ……それが、なんだか上手く歯車が嚙み合わなくて……怒ってるし、戦おうという気にはなってるんだけど」

アーニャは本来の力を無意識下で制御している。強大で禍々しい変身後の姿を自分自身が忌避しているためだ。ミイスに来てからの出会いや経験により、自分と向き合い力も姿も受け入れることはできたが、自由自在に変身できるわけではない。

シルキはアーニャの眉間に指を突きつける。

「集中！　イメージしなさい！　強く誇れる自分の姿を！　誰かの真似事でもなんでもいいから！」

「強く誇れる……ああ、だから！」

だから仮面猫人族は、戦う意志と力を誇示するようにあの構えを取ったんだ！　とアーニャは合点した。

　ババッ！　と素早く手を天に掲げた後、引き絞るように顔と胸元に寄せギリギリと拳を握り込む。それを見たシルキは「イイ感じじゃん」と言って、白鳥が片翼を展げるように右腕を大きく持ち上げる。

　二人は打ち合わせも目を交わすこともしていなかった。だが、全く同じ言葉を選び、吼えた。

「「変身‼」」

　発声と同時に抑えつけられていた力が溢れ出すように小柄なアーニャの身体が膨れ上がり、鋼の毛皮と筋肉を纏う猫の怪物へと変異する。獣人系種族の戦闘進化の極致。それが先祖返りによる獣化だ。

「グァアアアアアアア！！！」

　アーニャは咆哮を発する。晴れかけていた煙幕の向こうから聴こえる獣の威嚇に警備隊は震え上がった。

「ヒューーッ。久方ぶりだけど、やっぱり素敵よ。その姿」

アーニャを囃し立てる彼女もまた先祖返りをしていた。と言ってもアーニャのような完全な獣化ではない。手脚が伸びた上に腕や脛を剛毛で覆われている。顔の形もかなり獣寄りに変化した亜人の姿。これがシルキの先祖返りだ。

「行くニャ!! シルキ姉ちゃん!!」

「名前出すなっつーの、もう」

アーニャが床を蹴り、猛烈な速度で敵集団に突っ込む。煙幕を吹き飛ばして出現した巨大な猫の怪物に警備隊はパニックになった。

一方シルキは大きく距離を取ったまま敵の数と位置を把握する。

「殺さない程度に、急所は避けて」

シルキの先祖返りの最大の特徴は尻尾が二又に分かれることだ。獣人系の種族は魔力が低く、魔術師になれる個体はごく一部。シルキはそのごく一部に含まれる。故に先祖返りにおいてもその特性を最大限に発揮するため、猫人族進化の系譜における突然変異種『猫又の怪物』の姿に変化した。二又の尻尾は魔術攻撃の火器管制の役割を果たす。そうやって放たれる魔術は――――

「『まとめて貫く！』――――【串刺す光条(リヒテン・ペネトレイト)】」

複数の標的を同時に攻撃する精密全体攻撃。アーニャの突撃によって泡を食っていた警備隊を次々と貫き戦闘不能にしていく。

変身前は軽く捻(ひね)られていた大男を瞬時にボロ雑巾のように叩(たた)きのめすアーニャ。彼女を援護するように四方八方から魔術攻撃を繰り出すシルキ。

一個大隊にも匹敵する戦闘力でウォール・アイズの警備隊は蹂躙(じゅうりん)されていった。

社長室にいてもアーニャとシルキの戦闘の余波が伝わってきた。現場を見なくともターコイズは自分の身に危険が迫っていることに気づいている。

「おのれおのれっ！　役立たずどもが！」

苛立(いらだ)ちをぶつけるように机を叩(たた)き、現金が入ったカバンとカメラを持って逃げ出そうとドアに手をかける。非常階段を使えば、鉄火場に巻き込まれずに逃げられると踏んでいたが、ドアノブに手をかけた瞬間、鍵穴から泥水のような何かが侵入してきたのを見て、パッと飛び退(の)いた。

「な……これは⁉」

泥水のように見えたそれは細かい虫の集団だった。米粒のようなその虫はドアの鍵や蝶番を齧り貪る。強固な金属が急速に腐食するようにして崩れ落ち、ドアが破られた。

ブブブブブブブブブブブブブブブブブブブブブブブブブブブ‼

小さな羽音は何十万という数を重ねることで轟音と化していた。社長室の前には廊下と、今までかき集めた写真や暴露記事を保管している倉庫がある。その全てが虫によって食い尽くされ、影も形も残っていなかった。それは蝗の群れが田畑を食い尽くし砂漠に変える光景と酷似していた。

「クク……彼女達が暴れてくれていたおかげで少ない犠牲でここまで辿り着けたよ」

彼の言う犠牲とは当然、ターコイズ側の人間を指す。複数の死体をまるごと平らげた悍ましい虫の群れに囲まれながらも、白いスーツには一片の汚れもない。虫達は自分の主人を何よりも恐れているようで、彼の歩く場所だけ空白を作っていた。

「お前は……芸能王ハルマン⁉」

ターコイズは虫達の主人の姿を見て声を上げた。白いタキシードにシルクハットをかぶる優男風の資産家としての彼の姿は昔から見知っていた。だが、蟲を使役する『蝗災』のグレイスホルダーである彼の本性は微塵も知らなかった。

「なぜだ⁉　貴様のことは取り上げてなかったろう！　どうしてこんなことをする⁉」

理不尽な暴力の被害に遭っていると信じて疑わないターコイズ。その嘆きも表情も精神性も、全てがハルマンの気に障った。

「私が愛する芸術とその担い手を壊した。その罪、万死に値する」

「罪⁉　俺が何をした⁉　ただ写真と記事をばら撒いただけだ！　それを罰する法律なんてこの街には無いんだぞ！」

この問答はターコイズに理があった。ミイスの街において写真に対する法規制は未だ進んでいない。種族共生の手段を探ることを目的に造られたミイスでは、ターコイズが引き起こした騒動もそれによって生じた被害も観察対象。解決も破綻もしていないこの状況で法規制を行うことは、実験都市としての責務の放棄、と見做されかねない。世界で最も進んだ街の逃れられない足枷である。

だが、そんなことはハルマンにはどうでも良かった。

「貴様がキャメロンの才能に嫉妬したとか、エルザに恋焦がれるあまり彼女を自分のところまで堕としたいと思ってのことならまだ理解できる。だが、貴様は小銭稼ぎのためだけにあの二人の天才を舞台に立てなくした。金のために……芸術を傷つける？」

彼の胸の中から岩をも溶かすマグマのような怒りが溢れ出しかけている。その怒りはキャメロンやエルザといった人間を傷つけられたことに対する怒り……というわけではない。無論、義憤がないわけではないが、それだけで殺人という違法行為を犯すほど彼は考えなしではない。ならばその怒りが何に起因するものかと言えば、それはシンプルだ。

芸術を害することは彼に対する最大の禁忌である。

「意味がぁっ分からんだろうっ!! 失われた芸術が金で元に戻せるかっ? 貴様が百万回惨たらしくくたばれば新たに芸術が生まれるかっ? できないだろう!? なのになぜ貴様のような塵に芸術を奪われなくてはならんのだっ!! こんな理不尽! どうあっても受け容れられん!! 無理だっ!! 無理だぁっ!!」

端整な顔を悪鬼のように歪め、泣き叫ぶように吠えるハルマン。

法律も道徳も宗教も自身に根付いた価値観よりも優先されることはない。違法だろうが非道だろうが神に背く行為だろうが、ターコイズの断罪を止める理由にはなり得ない。

「『蟲の餌になる覚悟はできたか』。嬲り殺しにする手間すら貴様にはかけたくない。この世から今すぐ消え失せろ」

ピッと指を指してターコイズを攻撃対象に指定し虫をけしかける。虫の群れは意志を持った一個の生き物のようにその牙を敵に向ける。一匹一匹の殺傷能力は乏しくとも何千、何万と群がる虫の一斉攻撃は鎧や盾ですら防ぐことはできない。戦時中、数多の魔王軍の猛者がハルマンの前に死体も残さず敗れ去った。

だからこそ、大した戦闘能力のないターコイズがここから見せる粘りは驚異の一言に尽きる。

「死んでたまるかアアアアアっ！」

ターコイズは踵を返し社長室の窓に体当たりをして突き破ると、そのままビルの外に飛び出した。虫の群れは窓の外まで追いかけるもすんでのところで空振り、落下するターコイズを取り逃がした。

「うおおおおおおおっ！　てやあああああ！」

ターコイズのジャケットの袖口からワイヤーが飛び出し、その先端を隣の建物のバルコニーに付けられた欄干に巻きつける。伸縮性の高いワイヤーは落下の衝撃を和らげ、彼の体を宙吊りにした。すかさずもう片方の袖からワイヤーを放ち別の建物から建物へと飛び移っていく。

巻き取り式のワイヤー射出装置を使ったワイヤーアーツは小柄な小人族が好んで使う戦闘技術だ。熟練の達人であれば空を舞う飛鳥族に匹敵する自由自在な機動で空を舞うこともできるが、ターコイズは精々中伝といったところ。かろうじてワイヤーを狙い通り巻きつけて、ぶら下がることができる。それでも持ち前のしぶとさを発揮して、どうにか地面に着陸し裏路地に逃げおおせた。

「ハアッ！　ハァッ！　ここまで来れば――」

走りながら後ろを振り返るターコイズの視界に追ってくる者はいない、ように見えた。しかし、路地の側溝にはすでにハルマンの配下の虫達が押し寄せていて、飛沫を上げるように飛び出し、ターコイズの眼前に黒い壁となって立ち塞がった。

「逃がすと思ったか？」

羽虫を絨毯のように敷き詰めてそれに乗って空を飛行するハルマン。常識では考えられないことをやってのけるのがグレイスの真髄である。

乗っていた羽虫を自分の周りに浮遊させターコイズを見据える。

ハルマンの虫に完全に包囲されたターコイズに逃げ場はない。

「や、やめろ！　俺に連絡が取れなくなったらとっておきのスキャンダルをばら撒くように手配してあるんだ！　そうしたらこの街は終わるぜ！」

「貴様と交わす言葉などもう無い」

ハルマンに交渉の余地はない。彼は自分の愛する芸術を傷つける者を絶対に許さない。ミイス中の情報を収集しているターコイズを殺すことの危険性を顧みることすらできないくらい頭に血が上っていた。

「死ね」

楽団の指揮者の指揮棒のように、虫の動きを統率する指先が再びターコイズに向けられる。

それが総攻撃の合図だったのだが――

「ムッ⁉」

何かに気づいたハルマンが声を上げると同時に、ターコイズの背後を囲っていた蟲の壁が爆ぜるようにして燃え散った。

「新手か！　【変異――焔巻虫】！」

瞬時に使役する虫の一部を炎の耐性を付与した飛蝗に変化させると、新たに現れた者にけしかけた。

しかし、今度は竜巻が巻き起こり、飛蝗は空へ巻き上げられながら身を粉砕されていった。

必殺のつもりで放った攻撃を破られたことに目を疑うハルマン。しかし、それ以上に彼を驚かせたのはターコイズを守護している者がよく見知った人物だったことだ。

「……………どういうことですかな？　返答次第ではあなたでも容赦しませんよ」

戸惑いと怒りに声を震わせながらハルマンは警告する。しかし、

「まるでこの私を倒せるような口ぶりだな、不遜だぞ」

炎の後ろから姿を現したのはマリーハウスの所長、ドナ・マリーロード。

彼女の正体を知っている者は誰もが「戦ってはならない」存在だと知っている。にもかかわらずハルマンは怒りに満ちている。ターコイズを葬らずに退くという発想はない。

「あなたはこの男がどのような人間かご存じで？」

「無論だ。ウチのマリーハウスや相談者もやられたからな。ここまで積み上げてきたものが台

無しになってしまったよ」

「だったら――――」

「だからコイツに従うことにした。私は全力でコイツを守護する」

ハルマンは自分の耳を疑った。ドナが誰かに従うなどあり得ないことだからだ。まして、相手は非力で卑劣な愚物のターコイズ。高潔な彼女が与するにはあまりにも汚れ切った男だ。

「今の私に冗談は通じません。邪魔をするならあなたごと其奴を噛み砕くだけだ‼」

ハルマンは使役できる虫を全てかき集め、ターコイズに向けてけしかけた。

その攻防は壮絶そのものだった。ハルマンは何千万もの蟲を操りターコイズの命を狙うも、そのことごとくをドナが防ぐ。

毒虫を空に放ち、豪雨のように毒を降らせても、ドナの炎は傘のようにそれらを受け止めて蒸発させる。地を這わせた虫は水で洗い流され、宙を舞う虫も雷の網で一網打尽にされる。

「おのれっ！」

怒りに満ちた表情のハルマンは指先に虫達を集合させる。互いを噛み砕き合い、凝縮するようにして黒曜石のような甲羅を持つ丸虫へと変化する。

「【変異──弾丸蟻】！」

ハルマンの指の先に留まり、金属音を掻き鳴らしながら回転する虫の弾丸。その狙いをターコイズに定めて──放った。

音を置き去りにして放たれた虫の弾丸はソニックブームをも発生させる。ターコイズ自身は何が起こっているのかすら分かっていない。しかし、愚鈍な護衛対象に代わってドナは自らの掌で渾身の弾丸を受け止めた。チュイン！　と金属の摩擦音が鳴り、鮮やかな赤の血が数滴路上に落ちた。

「チッ……私もヤキが回ったものだ」

摑んだ虫を捨てる掌には微かに血が滲んでおり、ドナは不本意そうに顔を歪めている。遂には身を挺したドナの守護にハルマンは怒りを通り越して狼狽え始める。

「何故だ！　あなたほどの方がどうしてそのような愚物のために血を流す‼」

ドナは不敵に笑う。

「私のような死に損ないがどうして血を流すのを厭う？　貴様も私を買い被りすぎなんだ」

彼女の言葉の意味も内心もハルマンには量りかねた。しかし、使役できる虫の数は残りわずか。故に次の一手に決着を求めた。

「【弾丸蟻・全弾斉射】」

ハルマンは残りの虫の大半を弾丸に変える。そしてそれらの射角は全てドナの急所を狙っていた。

（舐めるなよ……あなたを倒さなければ奴を討てないのなら先にあなたを倒すまでだ）

ハルマンの覚悟を見透かしたドナはほくそ笑み、魔力を手に集める。守護に徹していたドナが初めて攻撃に出る意志を見せる。

既に芸能王も結婚相談所の所長もいなくなってしまった。ここにいるのは種族間戦争最終局面を生き抜いた戦士が二人。他者の命を奪うことに躊躇いをもたない戦場の怪物同士の対決に生ぬるい決着は期待できない。

「覚悟！」

「遅い！」

二人の技が交錯しようとした、その瞬間だった。

人払いと被害を抑えるためにドナが張っていたドーム状の結界。それを天頂部から壊してアーニャが乱入してきたのは。

「ハルマンさん！　所長！　にゃにやってるんですカッ‼」

割って入ってきたアーニャにドナの手が止まる。

「アーニャ⁉　何故⁉」

ドナの言葉と反応によって、ハルマンも目の前の獣がアーニャであることを察し、虫の発射を止めた。

二人の間に入ったアーニャは変身を解く。以前とは違い、フェザースライムの下着を身につけていたおかげで裸になることもない。

「所長！　そのターコイズって男は！　マリーハウスを……来てくれた相談者の方にも汚名を着せたんですよ！　あんな記事が出回ったら関係が壊れてしまう人がたくさんいます！　一刻も早く、出回った本を回収させてウソだらけの記事だったことを説明させないと！」

アーニャの訴えにドナは無言で目を伏せる。

「なんで……なんで黙ってるんですか⁉　所長はあのヒドイ記事を見てないんですか！　エメラダさんなんて、ショウさんとあ、あ、あんな恥ずかしいことしてるのを撮られて！　婚約者に見られたら結婚だって……」

「分かっている！　全部全部私のせいだ！　だから私が責任を取る‼」

ドナは自棄気味に叫び、地面に這いつくばっていたターコイズを立たせる。

「コイツの望み通り、私をくれてやる。その代わりマリーハウスにはもう手を出させない」

「なっ………」

アーニャは言葉を失った。憧れ尊敬していたドナが、今まで出会った人間の中で最も卑劣と言えるターコイズに自分の身を捧げると言い出した。

「そ、そんなのダメです……ねえ、所長！　どうしちゃったんですか！　さっきからずっとおかしいですよ！」

「黙れっ！」

ドナは魔力を掌に集中させて薙ぎ払う。波のように押し寄せる氷結系の魔術がアーニャに迫ったが、すんでのところでハルマンが虫を防壁に変化させ事なきを得た。

だが、その隙にドナは転移魔術の術式を完成させていた。先にターコイズを転移させると後を追おうとする。しかし、

「帰って来てください！　マリーハウスに！　それで全部話してくださいよ！　じゃないと、全部全部終わっちゃいます！」

アーニャは悲痛に叫ぶ。一瞬、躊躇うように目を伏せるドナだったがすでに術式は起動しており、その姿はいずこかへと消えた。

その場にへたり込むアーニャにハルマンが語りかける。

「良いところで割り込んでくれたね。おかげでケガせずに済んだ」

ほぼ全ての虫を使い果たしたハルマンは継戦能力を失っていた。ドナに真っ向勝負を挑むなど頭に血が上っていたとしか言いようがない。反撃される前に手を引けたことにハルマンは安堵のため息を吐く。一方、その場にへたり込んだアーニャは涙目で呟く。

信頼しあっていると思っていたドナがマリーハウスの敵を庇って、自分を攻撃して、姿を消した。アーニャの胸が軋んだ。

「所長……どうして……」

露わになったアーニャの肩にハルマンが自分のジャケットを着せ、声をかける。

「裏切られるのが嫌いなら……所長も裏切らないでくださいよ……」

「彼女のことは私にも分からない。堂々とされているが、心の奥底を見せてはくれない。それがさっきのことでよく分かった」

「そう、なんですよね……」

アーニャはエメラダと過ごした夜の終わりがけの頃に聞いた話を思い出していた。

「今でこそ街の名士で女傑めいた風格漂わせているけど、最初の頃はショウくんの陰に隠れてばかりだったわねえ。人の目に怯えているというか、どこか後ろめたそうというか」

「やっぱり、過去に何かあったんですか？」

アーニャは知りたかったドナの過去に触れるチャンスが訪れた、と身を乗り出したが、

「あったのかもねえ、知らないけれど」

「エメラダさんでも知らないんですかぁ……」

がっくりと肩を落とすアーニャ。糸が切れたように酒場のカウンターにもたれかかった。

「なんだか、寂しくないですか？　私はこんなに所長に憧れてもっと深く知りたいと思っているのに」

「アーニャちゃん。それは傲慢というものよ」

「傲慢？　そんなつもりは……」

エメラダはグラスの氷を指で転がしながら独り言のように呟く。

「『私はあなたにすべてを話しますから、あなたも私にすべてを話してください』って等価交換だけど、そのルールを強要したら脅迫と変わらないわ。相談者の中にもいるでしょう？『私は彼のためだけにすべての時間を捧げているのに、彼は友達とも遊びに行くんです！』みたいなの。相手を強く想うのは良いことだけど、その想いに応えなきゃいけない、って義務感や責任感に訴えかけて何かを要求したら逆に相手の心は離れていくわ」

思った以上に辛辣な言葉で反論されたアーニャは口を噤んでしまう。

（今なら分かりますよ。エメラダさんだって、大切な人にでも全部を話せるわけじゃない……

ああ、クソッ。パニックになってたからって、どうして所長を追い詰めるような言い方！）

パァンッ！　と、アーニャは自分の両頬を叩き、戒めた。そしてすぐにハルマンに提案する。

「専門家に尋ねましょう」

「専門家？」

キョトンとした顔のハルマンを先導するようにアーニャは歩き出す。

「所長をこのままにしておけませんよ。何考えてるか分からないなら、分かりそうな人に聞くまでです。大体こんなことになっているのの何割かは、あの人がふしだらでどうしようもないせいなんですから！　きっと！」

ミイス郊外のアパルトマンにドナは転移し、ここに身を隠すようターコイズに指示した。九死に一生を得たことをターコイズは自分の手柄のように感じており、偉そうにいきがっていた。

「こんなところで隠れ潜むのは性に合わん！　お前が守ってくれるのなら別に街の中でも構わんだろう！　さっさと戻るぞ！」

「お前の命を狙っているのがハルマン殿だけと思うな。ミイス市民の中にどれだけ戦時中の猛者や英雄がいると思う。法では裁けんかもしれんが、悪と見做され断罪されてもおかしくないことをしている自覚を持て。ほとぼりが冷めるまで此処にいるんだな」

と、ドナは呆れ顔で諭し、背を向けた。するとターコイズは彼女の手首を摑む。

「寝ている時もお前が側で守ってくれれば良いだけの話だ」

ターコイズはドナの細い足首や腰のくびれ、豊かな胸の膨らみ、涼やかな首回りを舐めるように見やる。

ミイスの街の美女達と比べてもドナの威風を伴う美貌は別格だった。この女を抱くことができればこの世の男すべての頂点に立てる。そう思わせてやまない上等な魅力が彼女にはある。

しかし、

「お前が街の中に戻ってこられるよう動いてくる。行方不明になったと思われて、仕掛けが作動しては事だからな」

ドナは手を振り解き、部屋の外に出ていった。態度こそ冷たいが従順に力を尽くすドナの姿に満足したターコイズはニヤニヤと笑いながらベッドに横になった。

「チイッ！」

ドナは強く舌打ちをして自らの手首を切り落とし、燃やした。ハルマンに虫を撃ち込まれたことも、アーニャに攻撃してしまったことも、ターコイズに触れられたことも、すべて無かったことにするかのように。

すぐさま治癒魔術を使って切り落とした部分を再生させる。だが、身体を欠損した状態で強力な魔術発動と急速な治癒は全身の魔力が混濁し、彼女の身体に負担をかける。

全身の体温調節がままならなくなり、汗が噴き出し寒気が止まらなくなる。だが、その苦痛がせめてもの自罰に感じられてドナは自嘲するように笑った。

◇　◆　◇　◆　◇

アーニャとハルマンはショウを探して歓楽街を訪れた。だが、聞き込みの結果、辿り着いた場所は酒場でも娼館でもなく廃墟を利用して作られた写真スタジオだった。壁も床も天井も真っ白に塗られており、照明も用意されていて写真撮影にこれ以上なく適した環境だった。

「こないだの小遣い稼ぎの金で作ったんだ。今度はこれを貸し出して料金を取る。不労所得で俺の怠慢な暮らしが極まるというわけだ」

街中に自分の裸の写真が出回っていると聞いてもなんら気にしていない。ショウはそういう男だった。

「呑気に写真撮ってる場合ですか！　こんな写真ばら撒かれてるんですよ！」

とショウとエメラダの件の写真を見せつけるアーニャ。

「おうおう。懐かしいなあ。マリーハウスができる前だからもう五年くらい前か」

「え……これ、そんな昔の」

「よく見ろよ。俺も少し若くてシュッとしてるだろ。男の色気はやや落ちるがね」

目を背けたくなるような写真なのでじっくりとは見ていなかったが、見たくない部分を手で隠してアーニャは凝視する。彼の言うとおり、無精髭も薄く、身体も筋肉質に見えた。

「え……じゃあ、ショウさんとエメラダさんは恋人同士だったというコト？」

「お前が思うような関係じゃねえな。俺は客でアイツは娼婦。割り切ったお付き合いをしていたワケだ」

ショウの言葉にアーニャは動揺した。

「エメラダさんが⁉　ウソ⁉　そんなこと全然知らない――」

「知らなくて当然だろ。自分がカラダ売ってた過去なんて聞かせて盛り上がるものでもねえし。だがまあ、相性良くてな。性格もアッチの方も。出入りしているうちに情が湧いて、身請けするつもりでマリーハウスに雇い入れたのさ。のんびりなのが玉に瑕だが良い先輩だろ？」

ショウは飄々と答えるが、衝撃の事実にアーニャはただ立ち尽くす。一方ハルマンは、

「どういうことだ？　五年も前の写真がどうしてここに……そもそもあの当時こんな高品質の写真を撮影する技術は……」

「グレイスだよ。あのターコイズとかいうカスゴミのな」

「は？」

ショウの言葉にハルマンは面食らう。一方ショウは察しの悪さに呆れていた。平和ボケかましてんじゃねえぞ、と言わんばかりに呆れ顔で解説する。

「辻褄が合わねーだろうが。今ミイスで使われているカメラと昔使われていた魔力を使った像の固定法は全く別物だ。こんな写真を撮れるほど手軽に扱えるものじゃねえ。万が一、同等の技術が当時にあったとしても、この鏡見てみろよ」

写真の真ん中に写る鏡はこちら側を向いている。そこに映っているのは慌てた顔をしたバンじいだ。

「カメラでこの写真を撮ったとしたら角度的にカメラやレンズや撮影者がその鏡に映ってないとおかしいんだよ。で、代わりにあるのは小汚いバンじいの顔。おそらくこれは『バンじいが見た光景』だな」

理解が追いついたハルマンは「ふむ」とうなずき話の続きを求めている。一方、アーニャの頭の上にはまだ『?』が浮かんでいる。

「グレイスの効果を予想するのに先入観は邪魔になる。あり得ないことができるからグレイスホルダーは厄介なんだ。体験済みだろ？」

かつて『魅了』のグレイスホルダーに翻弄されたことがあるアーニャは耳をペタンと畳んだ。

「バンじいの瞳を通した過去の光景。的確に人の隠したい過去や悪事を暴く写真を撮るターコイズ。ついでに言うとバンじいが数日前から姿を消してるらしい。そこから導き出される答えはひとつ」

アーニャの大きな瞳に映るショウは硬い表情で告げる。

「ターコイズのグレイスは『他人の見た光景を写真に写すグレイス』。バンじいを捕まえたのもこの写真が欲しかったからだ。多分、『お前が目の当たりにしたマリーハウスの最大のスキャンダルは何だ？』とでも質問して記憶を誘導したんだろ。バンじいはこの街の最古参で、おまけに娼館主だからな。恥ずかしい過去や危ない性癖持ってるヤツについて誰よりも詳しい。おい、暴れん坊ネコ娘。ウォール・アイズの社内でバンじいは見なかったか？」

「わ、分かりません……社長室のガラスが割られてるのを見て飛び出しちゃったから——」

アーニャが答えていると突然、建物の扉が乱暴に開かれた。

「アーニャアアアアア！　私に後始末させて放って帰るとは良い度胸ね！」

「し、シルキ姉ちゃん⁉　ゴ、ゴメン！　いろんなことがあって、ブッ！」

ズカズカとアーニャに近寄ったシルキは、アーニャの鼻の穴に指を突っ込んだ。

「アンタが逃げた後、保安隊がやってくるわ、火事場泥棒がやってくるわで大変だったんだからね！」

「ブヒィ！　ゴベンなさぁい！」

涙目でブタのような悲鳴を上げるアーニャ。ふとシルキはショウを見やる。

「しばらくぶりね……」

緊張気味に言葉をかけるシルキにショウはぶっきらぼうに、

「おう」

と短く答える。そのやりとりを見たアーニャはジトーッとした目で、

「ちょっと……やめてくださいよ……これ以上、身内がショウさんと関係持ってるとか耐えきれないんですけど」

と探りを入れたがショウは鼻で笑う。

「俺が相手してやらなくても困ってねえだろ、なあモテネコ娘」

「……仮に無人島で二人きりになってもこの人とだけは寝ない自信があるわ。動物と遊んでる」

目も合わせず悪態を吐きあう二人に因縁めいたものをアーニャは感じずにはいられなかった。

「ああもう！　仕事は欠勤！　保安隊に追いかけ回されるし、骨折り損のくたびれもうけよ！

収穫はこんなジジイ一人だし！」

と、シルキが扉の方を見やると、そこにはバンじいが立っていた。

「バンじい！　生きてたか！」

「ふぉふぉ……これぐらいで死んどったら長生きしとらんよ」

ショウはひっそりと安堵のため息を吐く。

「よし、じゃあお疲れのところ悪いがバンじいに頼みたいことがある。お前にもな」

ショウに目配せされたハルマンは嫌な予感に顔を引き攣らせる。

「何をするつもりだ？」

「カスゴミがしでかしたことの始末さ。もういい加減、悪さした奴を集団リンチする正義の市民にうんざりしてたところだからな」

ショウが不敵に笑う。この後の展開を全て把握しているかのような余裕が滲んでいた。

◇　◆　◇　◆　◇

ミイスには常春の楽園という異名がある。一年を通じて寒暖差が小さく、また雨も数えるほどしか降らない。しかし、この夜は雨が降っていた。ザアザアと降りしきる雨のせいで人通りはまばらで、店を早じまいにして誰もが家路に向かって急いでいた。

なのにドナは帰る場所を無くした捨て犬のように狭い軒下で雨宿りを続けている。絹のように滑らかな髪は濡れそぼり、顔色も夜のせいにはできないほど青白かった。

(どうしてこんなことになってしまったのか……ついこの間まではマリーハウスで夢を追う幸せで満たされた日々を送っていたのに)

穏やかな街の暮らしでドナは油断しきっていた。

ターコイズがマリーハウスについての記事を出したい、と取材申し込みをしてきた時、何も疑うことなく受け入れてしまった。

異種族との結婚や恋愛結婚を推し進める意義を熱弁し、写真も好きに撮らせた。その時に過去をほじくり返そうとする質問もあったが、ドナにとってはいつものことだった。謎に包まれた資産家で絶世の美女となれば、その半生に興味を持たれるのは、男が女の服の下を知りたいと思うのと同じくらい当然なこと。

適当にあしらって誤魔化す。いつも通り上手くやっていると思っていた。だが、ドナもまた人間で、嘘の裏側にある記憶を隠すことはできなかった。

写真の束を叩きつけてターコイズは勝ち誇った。

「言っておくが、俺を殺したらこの写真と同じモノがミイス中にばら撒かれる。口封じするにはこの街を丸ごと葬らなきゃいけないぜ」

ドナは表情を殺し、つとめて冷静に応える。

「私の正体を知って、それができないと思っているのか？」

「たしかに『星落としの魔王』デモネラならこの街を消滅させることに躊躇いなんかもたない。だが、今のアンタは魔王じゃない。甘い夢を見て、好いた男を思い浮かべる、ただの小娘だ」

スッとターコイズは一枚の写真を差し出す。そこに写っているのは黒髪の美丈夫。纏った鎧にはエルディラード帝族のみが使用を許される紋章が刻印されており、それが決め手となった。戦争末期において、エルディラード帝族の中で鎧を身につけ、戦場に立った者はただ一人だけだったからだ。魔王デモネラを倒した戦争終結の立役者『人類王ベルトライナー』……ありし日のショウの姿だ。

「俺も驚いたぜ。ミイスで有名な遊び人が失踪したベルトライナー陛下だなんて。だが、全部繋がったな。魔王デモネラを殺した、という嘘を共有することで新世界会議の連中は互いを縛りつけたんだろう。殺せば魔王軍は自棄になって滅びるまで戦い続ける。殺さなければ他の人類の怒りは収まらない。魔王ですら助命することを魔王軍の中でも話の分かる奴に伝え、魔王軍を解体させ、全ての罪を亡きデモネラに着せる。それができなきゃ拳を振り上げきった悪魔族連中を十七種族に加えてやることはできない。高度な政治的判断というやつだな」

つらつらと憶測を語るターコイズ。ドナは内心せせら笑う。

(自分が賢いと思い込んでいるヤツは辻褄の合った物語を作りたがるものだな。そんな高度な話じゃない。私が生かされているのはアイツの身勝手のおかげだ)

ドナは立ち上がり、ターコイズを睨みつける。

「やってみろ。その時は全ての力と憎悪をもって生まれてきたことを後悔させてやる」

捨て台詞を残して、その場を後にした。


あのような姑息な男が命がけで世界の嘘を暴くような真似はしない。

そう高をくくったドナだったが、不安が首をもたげた。もし、恨みを買った誰かにターコイズが殺されてしまったら？　自分を退けられるだけの武力を手にしたら？　もっと単純に誰かがアイツを支配して記憶や情報の全てを吐き出させたら……全てが終わる。

自分がデモネラであることが知られれば、デモネラを殺したということが嘘だとバレる。それだけでも大変なことなのに、自分とショウが一緒にいることがバレれば救世の英雄であるべルトライナーに対する信望が失われる。あの戦争の終結が嘘で塗り固められたものだということが知られれば、世界中で現在の世界体制に対する不満が爆発して戦争や反乱が続出する。また、自分は大量殺人の原因となってしまう。

不安は彼女の心と体を蝕み続けた。ろくに眠れていない彼女をショウは気遣う素振りを見せたが、弱みを見せたくなくて無愛想に振る舞った。

そんなところにターコイズの追加攻撃がきた。「その気になればマリーハウスだって潰せる」。そういう意味を込めて『インサイダー』のマリーハウスバッシングが開始された。

記事を見たドナは敗北を認めた。

（ターコイズには勝てない。殺すことは容易いが、そうすれば情報がばら撒かれる。黙って逃げ続けていればマリーハウスが攻撃される。自分の理想を詰め込み、新たな生きがいを与えてくれたあの場所と人々が……）

最強の魔王は卑劣な小男に屈服するしかなかった。

ドナは避ける術もなく雨に濡れて、ドブネズミのように道端にしゃがみ込んでいる。

（この惨めさもまた、自分に下された罰のうちか……）

自嘲するようにクスクスと笑った。そこに、

「ドナちゃん？　何やってるのよ！」

ずぶ濡れでしゃがみ込んだ彼女に驚いて駆け寄ってきたのは、エメラダだった。

chapter 6

6 ドナの決断、ショウの秘策

エメラダは引きずるようにしてドナを自宅に連れ帰ると、着替えとタオルを渡し、湯を沸かし始めた。

「早く着替えちゃって。もうすぐうちの旦那帰ってきちゃうから。誘惑しないでよ」

濡（ぬ）れた女の子って色っぽいのよねえ、と呑気（のんき）そうに言うエメラダ。ドナは尋ねる。

「なあ、お前『インサイダー』は見てないのか？」

「ちょっとやめてよ。あんな低俗な雑誌、好んで見るわけないじゃない。とっくに高貴とは言えなくなったけど、それでも長耳族（エルフ）として最低限の矜持（きょうじ）があるもの」

エメラダは嘘（うそ）や痩せ我慢をしているわけではない。アーニャが暴れたことで印刷が止まり、配送前の雑誌は出回らずに済んだが、一部の早刷りは市井（しせい）に出てしまった。

何も知らないエメラダの婚約者が彼女の過去を知るのも時間の問題だ。

寝巻きを着て椅子の上に三角座りをするドナにエメラダは迷いながらも声をかける。

「……こないだね。久しぶりにシルキちゃんに会ったの。街に出てきたばかりの頃のあの子は可愛いけど危うくてね。初めて会った時のあなたもそうだったわね」

温かい紅茶を差し出すとテーブルを挟んで対面に座る。

「私ね、あなたの下で働けて本当に良かったと思ってるのよ。娼婦の仕事もそれなりに楽しんでいたけれど、マリーハウスのお仕事は私にいろんなものを与えてくれたわ。街で自分が結びつけたカップルやご夫婦を見ると本当に嬉しくなっちゃう。初めの頃に相談に乗った魚人族のゴルドくんと飛鳥族のランカちゃんなんてもう五人も子どもがいるのよ。まるで自分の子どもみたいに可愛くて仕方ないわ」

柔らかな笑みで思い出を語るエメラダを見て、ドナは申し訳ない気持ちになる。たしかに、娼婦だった彼女を雇い入れ、その汚点をできる限り抹消するのに手を貸した。彼女が焼かれた故郷の仲間を探していると聞いて、その捜索にも協力した。一職員のためにかける手間としては破格だったが、それにはドナなりの理由があったからだ。

「あなたに出会えたおかげで私の人生が良い方向に転がり始めた。感謝している——」

「違う！　私はっ」

声を上げようとした瞬間、玄関のドアが開き、エメラダの婚約者のグリムが帰ってきた。話を遮られてしまったドナだったが、彼女はこう言おうと思っていた。

——私がお前達の里を焼いた元凶だ。

●○●○●

戦争末期。魔王軍は破竹の勢いで侵攻し、次々と他種族の拠点を落としていった。

ドナ……当時はデモネラの戦略は迅速で効率的だった。

敵対する軍勢は容赦なく叩き潰し恐怖と絶望を刻みつけたが、勢力下に置く街や村は極めて穏当に支配した。

彼女の目的である世界征服はあくまで平和な世をもたらすための手段だったからだ。

亜神族。十七種族の頂点であり、神の代行者とも呼ばれる存在。その強大な力は地を割り、海を涸らし、空を落とす。グレイスやスキルによって超人的な力を持つ英雄が百人揃っても亜神一人に駆逐される。それほどデタラメな存在である。

故に彼らは種族間戦争への介入に消極的であった。彼らにとっては亜神族こそが世界の霊長であり、他種族と争う理由がなかった。

その強大な力は、世界の外からの敵や世界を滅ぼすほどの力を持つ邪悪な存在を討伐するために振るわれた。

また、亜神族は滅多に子を作らない。不老で限りなく不死に近い彼らに次代に命を繋ぐことの意味はなく、他種族と交わっても子は相手の種族として生まれてきてしまう宿命にある。『世の光霞む時、亜神の産声が聴こえる』と伝わる言葉があるように、世界の危機に対抗するための手段としてのみ亜神族同士の子作りは行われる。種の保存のためではなく、世界を守護する武器を鍛造するために。そうやって生まれた最新の亜神族の名はデモネラ――後の魔王デモネラであり、ドナその人である。

生まれた時にすでに只人で言うところの十歳程度の知性と体格があり、たった七日間で成人した彼女はその時点で大半の同胞を上回る力を持っていた。亜神族は喜び称えた。

「我らの望む子がこの世に現れた」と。

しかし、当のデモネラは彼らを冷ややかな目で見ていた。

「どうして力があるのに、他種族が戦争で死んでいくのを止めないの？」

彼女の胸に宿った疑問に、心を読むことができる亜神は答えた。

「それはね、人と人が殺し合うことも神の定めし運命だからよ。私達は人に愛想（あいそ）を尽かして去っていった神の代わりにこの世界をあるべき姿に保つ必要があるの」

それが正義と信じて疑わない彼女に、デモネラは薄気味悪さを感じた。

ある意味デモネラは亜神族（デミゴッド）らしくなかったのだろう。彼女は戦場で流される人の血に心を痛め、争いを嫌悪（けんお）した。

「誰か、誰かこの繰り返される過（あやま）ちを止めて」

彼女の願いに応えてくれる者は現れない。

だから五歳になったデモネラは自ら亜神族（デミゴッド）であることを放棄した。引き止める同胞を撃退、または殺害した。悪魔族（デーモン）に与（くみ）するため、自らの体を作り変え、悪魔族（デーモン）らしい山羊（キャプリコーン）の角と強靭（きょうじん）な竜の尾（ドラゴンテイル）、そして禍々（まがまが）しい漆黒の翼（リュシフェル）を手に入れた。

「もうお前達の同胞ではない。私は私のやり方で人を救う。永遠に傍観者を気取っていろ」

そんな捨（す）て台詞（ぜりふ）を残して、デモネラは神の如（ごと）き力と天性のカリスマで悪魔族（デーモン）の長（おさ）となり、世界に君臨することとなった。

そこからは歴史の教科書に載っているとおりだ。デモネラは自軍を魔王軍と称して世界征服を始めた。混沌（こんとん）とした世界に秩序をもたらすには一旦すべてを支配して、その後に十七種族（じゅうななしゅぞく）

の敵対意識を取り除くのが最も手っ取り早いと思っていた。だが、彼女の思惑は外れ、目の届かないところで部下による虐殺や非人道的行為が相次いだ。世界の均衡が自分の介入によって崩れ、より大きな犠牲を出してしまったことに嘆き悔やんだ。

　エメラダ達が暮らしていた夜の長耳族(ダークエルフ)の里が焼かれたのもそのうちの一つだ。駆けつけた彼女はこの世の地獄を見た。人々が積み上げてきたものを焼き、その命を奪い、心を壊す。それを嗤(わら)って行う者達が自分の部下だということに絶望した。

　悪魔族(デーモン)だから残酷なのではない。種族に関係なく、人間の良識や倫理観は環境や状況次第であっという間に崩壊する。そして、その環境や状況を与えたのは他の誰でもなく自分自身。

　生き残った僅かな長耳族(エルフ)の命を守るために……いや、自分の罪の証拠を燃やし尽くすために彼女は自身の部下を手にかけた。千や二千ではきかない膨大な数の骸(むくろ)の上に彼女は立ち尽くす。

　自身を過大評価し、できもしない理想を胸に世界を危機に追い込んだ。このまま世界を征服しても待っているのは強者が弱者を蹂躙(じゅうりん)し尽(つ)くす世界。あと何百回、何千回粛清を繰り返しても自分が演出する恐怖だけでは世界中の人間に規律を植え付けることはできない。

　どうすればいいか分からなくなった時にあの男が現れた。

「魔王様相手に不遜だろうが、『俺のタイマンに付き合ってくれよ』」

●　○　●　○　●

明け方にドナは目を覚ました。

二人で暮らした家ではなく、エメラダとグリムの暮らす家だ。

スッとベッドから立ち上がると乾いた服に着替え、こっそりと立ち去ろうとしたのだが、

「眠ると、どうしても夢を見てしまうな」

「せっかく泊めてあげたのに、お礼も無しに帰っちゃうの？」

起きてきたエメラダに引き止められた。

「愛の巣に長居するのも気が引けてな……お前達はいつ街を出るんだ？」

「そうねぇ……グリムの方は大体身辺整理終わったみたいだからね。私も結婚情報誌の原稿を書き上げたら……ああ、そうそう。雑誌の名前も決めたのよ。『マリーマガジン』って。マリーハウスと並んでこの街でずっとずっと読まれ続けたら良いなぁ」

そのマリーハウスはターコイズの毒牙によって窮地に瀕している。

ドナの頭にショウとエメラダの交わる姿を写した写真がよぎる。アーニャとハルマンの襲撃のおかげで写真が掲載された『インサイダー』の大半は出回るのを止められた。だが、全てで

はない。一度世に出た情報は現物がなくとも人の言葉に乗って流布されてしまう。

「すぐに出ていくことはできないか？　先立つものが必要なら私がなんとかする。だから」

「どうしたっていうの？　そんなに私のこと早く追い出したい？」

「違う！　そうじゃなくて……このままだと、お前達の結婚がダメになってしまうかもしれないんだ……」

写真のことを直接口にすることはできなかった。いくら鷹揚なエメラダでも、自分の裸の写真をばら撒かれたと知れば深く傷つくに違いない、と思ったからだ。

エメラダは首を横に振る。

「大丈夫よ、私とグリムは。だって、里を焼かれて離れ離れになっても巡り会えてこうして結ばれたんだから。神様が味方してくれてるのよ」

「そんな浮かれたことをっ」

説得を試みようとするドナの唇の前に指を立てるエメラダ。

「あなたが……救ってくれた命で、あなたが繋いでくれた縁だもの。何があったって絶対に幸せになってみせるわ」

優しげな彼女の瞳に映る自分の姿を見たドナは、彼女があの時全てを見ていたことを直感的に悟った。

「お前……全部知って……」

うなずいたエメラダはドナの手を引いてソファに座らせる。

「昨日まで平和だった里が焼け落ちて、恐ろしい異種族が家族や友達を嗤(わら)いながら殺していく。そんな地獄を焼き尽くしてくれた美しい赤い髪の少女。泣きながら焔(ほのお)を放ち、生き残った私を憐(あわ)れんで見つめていた。忘れっぽい長耳族(エルフ)でも心に焼きついた光景は消えないわ」

「なら……分かるだろう！　私はおぞましい大量殺人者だ！　お前が想像しているよりも遥(はる)かに多くの人間を殺して……それだけじゃない！　私の正体は」

「無駄よ。無駄無駄。どれだけあなたが悪い人だったとしても、私はあの時からあなたに惚(ほ)れてしまったんだもの。何をしてもあなたを肯定してしまうわ。恋愛は惚(ほ)れた方が負けだもの」

エメラダはドナがデモネラであったことは知らない。エメラダの故郷を焼いたのは暴走していたとは言えドナの部下であり、その制裁のためにドナが降臨したという事情も知らない。

（……真実はその人の数だけある。それでいい）

ドナは打ち明けることをやめた。エメラダなら全てを知ってもドナのせいではない、と優しい言葉をかけてくれるだろうが、自分を楽にするために彼女に赦(ゆる)させてはならない。そう思った時、ドナの覚悟は定まった。

「エメラダ……これから、お前に苦難が訪れる。だけどそれは一瞬だ。必ず私が救ってやる」

「なにそれ？　お告げ？」

フフフ、と優しく微笑むエメラダ。

（絶対に彼女の幸せは守り抜く。そのためならこの身なんて安いものだ）

◇◆◇◆◇

「リリスさんは決して記事にあったようなふしだらな女性じゃありません！　『インサイダー』に書かれていることはデタラメで」

「分かっていますよ。彼女の過去は彼女自身から聞いていますから。私も方々に声をかけているところですよ。デタラメを流布する雑誌をばら撒くな、って」

アーニャはデモリリの交際相手であるダイモンの経営する店にやってきていた。『インサイダー』によって傷つけられた相談者の名誉を少しでも回復するためだ。

「ありがとうございます！　それではリリスさんのことをくれぐれも……」

「もちろん。たとえ世界中を敵に回しても彼女は私が守ります――なんてセリフはもっとカッコいい男が言うべきでしょうけど」

「ダイモンさんはとてもカッコいいですよ。失礼します！」

店を出たアーニャは次の目的地に向かう。

ケルガとエンリリの元には先ほど訪れた。ケルガは自分のことが書かれていることに驚いていたが、

「ま、なるよーにしかなんねぇべ」

と能天気な様子。エンリリはため息をついて、

「コイツと付き合うからには多少の面倒事は覚悟している。とはいえ、コイツのことを誤解されるのは悔しいが」

「へーきへーき。俺はリーさんが分かってくれてたら他はどうでもいいんだぁ、チュッ」

「コラっ！　やめなさい！　人前で軽々しく…………アーニャさんが帰るまで我慢しなさい――」

「あははははは……お邪魔になりそうなので失礼しまーす」

と、卑猥な気配を感じて退散した。アーニャの予想以上に相談者達は『インサイダー』に振り回されてはいなかった。

「恋人たちは強いなぁ……噂や憶測なんかじゃブレやしない」

互いのことを信じ合い、今回の騒動ですらも自分達の絆を強めるきっかけにしてしまっている。

「問題は……周りの方か」

次に会いに行く相手のことを考えるとアーニャの足は重くなった。

ノースクエアのレストランにて、サンクジェリコ学院の関係者が集まり親睦パーティが開かれていた。

「よりにもよってこんな時に……」

と思わずアーニャは舌打ちする。もし、出席者の誰かに『インサイダー』の件が伝わっていたらあっという間に学院中に広まってしまう。特にエリシアの記事はひどいもので、彼女が体を売って交際相手に金を貢いでいたと書かれていた。王族や大富豪の子女が通う名門学院に勤める人間には品位が求められる。エリシアにまつわる噂はピコーのそれを貶めかねないものだった。

店内に忍び込んだアーニャは早々にピコーを見つけ、観葉植物の木陰に引き込み、

「ピコーさん！　今日発売された『インサイダー』という雑誌は読まれましたか？」

と尋ねた。ピコーは突如現れたアーニャに戸惑いながらも、フッと微笑んで、

「いえ。本は仕事だけで十分足りています」

と言い切った。厳格なマリーンに育てられた彼がためにならない低俗な雑誌を読むはずがない。一安心したアーニャはキョロキョロと辺りを見渡す。見るからに裕福そうで権力者面した男性達。その傍には美しく着飾った妻らしき女性が控えている。上流階級の社交において妻を連れて歩くのは一種のドレスコードのようなものである。それはミイスでもほぼ変わりない。

「あのー、エリシアさんは？」

「家のことをしていますよ。母さんが『正式に結婚していないのに社交の場に連れ立つなんてはしたない。まだまだこの役目は私のものです』と」

（さすが……だけど、逆に助かったかも。エリシアさんは見た目がセクシーだし、あらぬ噂が加速しかねないもん）

当事者の不在にアーニャは胸を撫で下ろした、が、すぐに別の危険に気づいた。

「ピコーさん！　じゃあ、マリーンさんは⁉」

「あそこでお偉方と話してますよ」

ピコーの指差した方角に大柄な龍鱗族の老人と笑顔で談笑するマリーンがいた。

アーニャは弾かれたようにピコーの肩を摑んで懇願する。

「は、早くマリーンさんを家に帰してください！　もし、マリーンさんの耳に『インサイダ

ー』のことが入ったら！』

重ねてになるが、マリーンは厳格な人間だ。どれだけ困窮しても体に鞭打ち、道を踏み外さず息子を育てたという自負もある。エリシアが身体を売っていたと書かれたあの記事を信じてしまったら……でなくとも、そんな噂を流されてピコーの立場を悪くする人間を嫁に迎え入れたりはしない、とアーニャは推測した。

すると談笑しているマリーンの元に中年の只人が強引に割って入った。脂ぎった顔をニヤつかせ、マリーンに挨拶している。

「ああ～、面倒な相手に摑まったなぁ」

「面倒？」

「あの方はオスマン学部長………分かりやすく言えばこの学院でも屈指の権力者です。次期学長を狙っていて派閥争いに躍起になっているんです。僕にも自分の娘を嫁がせようとしてきたんですよ」

「えっ⁉　じゃあ……以前話していた」

「ハイ。何度かウチにも来てもらいましたが我が家の空気に馴染めず、お断りされてしまいました。それ以来、風当たりが強くてね……」

ピコーの解説どおり、オスマンは笑顔で調子良くマリーンに話しかけているが、その会話は

「目に入れても痛くない娘をお預けしたと思ったら、泣いて帰ってきてね。ピコー殿と御母君がまるで夫婦みたいにベッタリで居心地が悪いと。まあ、贅沢に甘やかして育てた娘にはいささか荷が重いようでしたな。貴女の家に嫁入りするのは並大抵のことではない」

大声で歌うように語られるウインターズ家の内情に他の出席者も眉をひそめていた。笑顔で聞き流していたマリーンだったが、さすがにこれ以上は体裁が悪いと判断し、言葉を遮る。

「その節はご無礼仕りました。私が息子に必要以上に執心しているのは自覚しております。故に御令嬢におかれましてはさぞやご不快でありましたでしょう。きっと然るべきお相手に嫁がれれば良妻賢母となられることでしょう。我が家とは縁がなかっただけのことにございます」

「ははぁ。縁ね………聞くところによると、ピコー君はマリーハウスとかいう悪名高い女衒屋に通い詰めてそこの娘を囲い込んだとか。それも縁というやつですかな？」

オスマンが下卑た笑みを浮かべた瞬間、アーニャは察した。

（マズい！　この人は記事を読んでる！）

飛び出そうとしたアーニャだったが、ピコーに引き止められる。

「出ていっちゃマズいですって！　部外者だと分かれば怒られちゃいますよ！」

「そんな呑気なことを！」

ピコーを押しのけようかとも思ったが、ここで揉め事を起こせばさらにマリーハウスの評判を落とすことになると気づき、悔しそうに歯嚙みする。一方、オスマンは満を持して隠し持っていた『インサイダー』を取り出して広げ、マリーハウスの誹謗記事が載っているページを広げた。

「『名門学院のエリート学者を摑まえた人狼族の女はたいそうなアバズレ。今までもいろんな男と同棲し、体を売って金を貢いでいた』と。いやはや……よくもまあ、こんな品のない女を家に上げなさったな。貴女の眼鏡は随分と曇っておられるようだ。我々のような仕事をする者には相応しい妻が必要不可欠。嫁選びに失敗するようではピコー君もお先真っ暗、ですな」

男の言葉に周囲の出席者はどよめいた。ピコーも動揺し、縋るような目でアーニャに尋ねる。

「そっ……そんなの、エリィからは何も……」

「デマなんですよ！　全部嘘っぱちで――」

パァ――――ンッ！

乾いた音が響き、凍りついたように会場のどよめきが瞬時に収まった。

気分良さそうにエリシアの過去を糾弾していたオスマンは呆然とした表情で、マリーンに叩かれた頰を押さえていた。

「なっ……なっ、なっ！　殴ったなぁ!?　私はこの学院の──────」

「男が女子に殴られたぐらいでピィピィお騒ぎなさいますなっ！　みっともないっ！」

ピシャリと言い放ったマリーンの言葉は先ほどのビンタよりも強い威力でオスマンを制した。

静まり返った会場でマリーンは高らかに発声し、周囲に語り聞かせる。

「私は、息子ピコー・ウインターズをこの世の何よりも愛しております。息子を一廉の人間に育て上げることが私の使命であり、幸せにすることが生き甲斐だと誓って、二十年以上母親を務めて参りました。その私が、どうして嫁選びで間違えることがありましょうか」

「だ、だがこの雑誌にはそう書いて」

「碩学たるサンクジェリコの学者様は紙に書かれているものは無条件に信用なさるのですか？　私は浅学故、過激な言葉と品の無い体裁をしたその書物を信用することはできません。程度の低さが滲み出ているようにしか見えませんので」

権力者、しかも息子の上司にも当たる人物に対して怯むことなく堂々とした振る舞いをするマリーン。しかし、次の瞬間には彼女は情感たっぷりに訴えかけるように言葉を紡ぐ。

「息子の連れてきた娘は人狼族の……まあ捨て犬のような娘でした。躾に恵まれず、何をやらせても要領が悪い。そのくせ他人に甘く、隙あらば甘やかし堕落させようとする。その下劣な雑誌に書かれているように今までに幾人もの殿方と関係を持っていても不思議ではない。もしかしたら、相手を堕落させた責任を取るつもりで女として恥ずべきことをしてお金を稼いだこともあるかもしれません」

マリーンの言葉にアーニャは愕然とする。危惧していた展開にどんどん話が向かっていってもう止めようもない。だが、ピコーは、

「大丈夫ですよ。母さんは完璧なんですから」

と言って笑いかける。その表情は母親のことを信じ切っているようで、アーニャは閉口した。

しかし、

「…………だとしても、なんだというのです？」

マリーンは勝ち誇るように深くシワの刻まれた口角を吊り上げた。

「躾に恵まれていないのなら、私が躾け直します。要領が悪いなら覚えるまで教え導きます。無意味な甘やかしを禁じ、夫を思いやり、立てながらも手綱はしっかり握る嫁に仕立て上げます。学院で教鞭を執らずとも親は子どもに対し、教え育て上げるのは当然の務めなのですから。今はまだ、社交の場に連れてくることすら憚られる不出来な娘ですが、いずれはウインターズ家の嫁に相応しい立派な淑女に育て上げ、皆様にお披露目いたしましょう」

そう啖呵を切った彼女の迫力に思わず周囲の人々は拍手すらしたくなってしまう。さすがに権力者である男がコケにされているところでするほど、空気の読めない者はいなかったが。

「ケッ！　没落貴族風情が名家ぶって！　ワシと娘に恥をかかせて……高くつくぞ！」

オスマンの悪態にマリーンはギロリと睨み返す。

「その言葉、そのままお返ししましょう。亡き夫が唯一残してくださったウインターズの家名を侮り、嫁をアバズレ呼ばわりしておいて、タダで済むと思いますな」

非力な初老の女性とは思えない鬼気迫る迫力にさしもの男もバツが悪そうに俯く。追い討ちをかけるようにマリーンは、

「エリシアはピコーの嫁で、私の娘です。何人たりともあの子を侮辱することは許しません。そのこと、お忘れ召されぬよう」

静かに、だが力強く言い切った。

もはや『インサイダー』の記事について口に出すことが恥ずかしいと思えるほど空気は様変わりしていた。

「ね、ウチの母さんは完璧でしょう」

安定の母親信仰ぶりを見せるピコーだったが、アーニャはそれを馬鹿にはしなかった。

「……ええ、エリシアさんは良いお家に迎えてもらえたんですね」

まだ若いミイスの街では結婚しても互いの親と暮らすことは少ない。だが、これから十年、二十年経てば今、結婚した若者達の子供が結婚するようになり、嫁姑の問題は増えていく。マリーハウスが結婚を取り扱う以上、これからは家族のことも気にかけていかなければならない。その点においても、マリーンとエリシアの関係は一つの理想形だ、とアーニャは思った。

パーティ会場で『インサイダー』を回収したアーニャはさらに街を駆ける。疲労は溜まっているが、弱音を吐いてはいられない。

（『インサイダー』のデマなんかで恋人たちの絆は壊れたりなんかしない。愛し合う人たちは強いんだ。だけど……だからこそ、効いてしまうこともある）

アーニャはエメラダの写真を頭に浮かべた。この街の中で何人もの人間が彼女の裸を目に焼き付けた。仕事仲間である自分でも胸が焼かれるように苦しくて辛い。恋人や彼女自身が受ける痛みは計り知れない。アーニャがいくら街に出回る『インサイダー』の数を減らしても結局のところ、時間稼ぎにしかならない。

「ショウさん。早くなんとかしてくださいよ……」

だから、ショウの打つ秘策に賭けていた。

◇◆◇◆◇

乱れたベッドのシーツの上にターコイズは寝そべっていた。ハルマンの襲撃で命を落としかけたストレスをすべて呼びつけた娼婦（しょうふ）に吐き出した後、眠りもせずに夜を明かしていた。

何もすることのない夜は普段考えないようなことを考えてしまう。思い出したくない過去のことも。

小さく非力な小人族（ハーフリング）。ずる賢さを武器に十七種族（じゅうななしゅぞく）の間を蝙蝠（こうもり）のように渡り歩き、その命脈を保ってきた歴史を持つ。

ターコイズの人生はある意味でそんな種族らしい生き方をしていたと言える。

同盟を結んでいる只人（ヒューマン）の都市の隅に造られた小人族（ハーフリング）の居住区に生まれ育った彼は、早々に人生に見切りをつけていた。その街で小人族（ハーフリング）が就ける仕事は限定されており、登り詰めたところで人並みの暮らしがようやくといった有様（ありさま）だったからだ。

故に働く気にならず、日がなぶらぶらと遊び歩いて、人の噂や秘密をかき集めてはそれを土産に誰かの家に上がらせてもらって飯を食らう。

「プライドのかけらも持ち合わせていないアイツだからできる生き方だ」

と周囲は笑った。だが、ターコイズは内心歯軋りしていた。

小人族の中にも英雄と称される存在はいる。自分よりはるかに身の丈の大きい他種族を蹴散らし、豪華な屋敷で他種族を召使いにしてこき使い、夜は褥の上で他種族の美女をよがらせている。

そんな生き方をしたいのに神様は俺に特別な才能を与えてくれなかった。なのに真面目に生きて種族の礎になれなんて馬鹿げている。

根拠のない高慢さのせいで彼の心は常に飢えていて、その結果、他者に攻撃的な性格が形成された。

嫌われ者の彼がミイスにやって来られたのは、彼の噂話を好んで聞いていた裕福な只人の老人が推薦状を書いてくれたからだ。

「お前のやっていることはこの街では怠け者の戯れ扱いだ。しかし、このジジイにとってはちょうどいい暇つぶしになった。ミイスでならそれを生業として真っ当に生きていくこともできるだろうよ」

ターコイズは生まれて初めて自分に運が巡ってきたことを感じ、意気揚々とミイスの街に移り住んだ。

もし、彼が機会を与えてくれた老人に感謝の念を抱き、その期待を自分の心の支えにできるような男だったら運命は変わっていたのかもしれない。

新聞記者となったターコイズだったが、結果として彼は成功者にはなれなかった。

仕事はそれなり以上にできたが、良識の低さが問題だった。とある議員の不正のネタを摑んだが、買収され情報を握りつぶしたことが上司にバレたのだ。

ターコイズは納得がいかなかった。何故ならば、会社の半年分の給料よりも議員からもらった口止め料の方が高額だったからだ。

金にならない新聞社を辞め、スキャンダルを記事にするか金にするかを自分で選ぶことができるフリーの記者に転身した。だが、人に憎まれ、疎まれ、名誉など得られるわけもなく。恨まれている連中に家に火をつけられかねないから定住はできず、ホテルや路上で眠る毎日。金を払わずに女を抱いたこともない。

満たされない。満たされない。満たされない。

そんな彼にグレイスが授けられたのは不幸な出来事だったと言えるだろう。ミイスの市民にとっては勿論、彼自身にとっても……

ふぉん、と風の抜けるような音がして魔法陣が部屋の天井に出現した。ターコイズが慌ててベッドから立ち上がると同時に魔法陣からドナが出現した。

「どうなった！　もう俺が襲われるようなことはないんだろうな⁉」

唾を飛ばしながら喚くターコイズ。ドナは呆れながらも努めて平然として答える。

「襲われても問題ない。これからは私がつきっきりでお前を守護してやる」

「っ⁉　………………本当か？」

ドナの顔色を窺うようにしてターコイズは尋ねる。するとドナは睨みつけ、

「但し、守護するだけだ。私の力を使って誰かを害そうとしたり、脅迫するようなことは断じて協力しない。そんなことをするくらいならミイスを丸ごと海に沈めた方がマシだ」

と壮大なレベルの脅しをかけて予防線を張った。ドナにとっては最大の譲歩だった。ターコイズは逡巡する。

「お前の結婚相談所はどうする？」

「ショウがうまくやってくれるさ。お前も知っての通り、現代最高の為政者だからな」

脅迫材料をドナが軽口に利用したことでターコイズの警戒が急速に薄らいだ。そして彼は吊り上がっていく口角を止められなかった。

「やった！　やったぞ！　俺は世界最強の力で守護された！　もう誰も俺を脅かすことはできん!!」

それは勝利宣言だった。自分の運命に対してか、これまで彼を嫌い憎んできた者達に対してか、それともこの世界全てに対してか。いずれにせよ、もう自分の栄華が揺るぎないことを確信して全ての不安が晴れていくようだった。

そんなターコイズを冷ややかに見つめるドナ。

こうする以外にない。ショウがベルトライナーであることと、私がデモネラであることは絶対に世に出してはならない。世界の秩序と、この男の天寿が尽きるたかだか百年程度の間の自由。どちらを取るかなど考えるまでもない。そもそも、ショウに封印を解いてもらうのが早過ぎたんだ。自分の罪の代償と考えれば安すぎるくらいだ。

それよりも……

「但し、頼みたいことがある」

「なんだ？　俺は今上機嫌だからな。ある程度のことは笑って聞いてやろう」

声を弾ませるターコイズ。ドナは、少し硬い面持ちで願いを告げる。

「今号の『インサイダー』の全量回収。それから、エメラダとショウの写真は人違いだと訂正記事を出してくれ」

自分のことは諦められた。だが、エメラダのことはそうはいかない。自分が故郷も家族も奪ってしまった哀れな娘。娼館から救い出し、幼馴染との再会を取り持っても、彼女に対する償いに足りるものではない。

それでもせめて、彼女が幸せになれるよう……心ない人間の悪意によって彼女の優しい心に傷がつけられるなんて許せない。

「……一旦出回った情報は引っ込められねえぜ。訂正記事なんて出して、読者が信じたとしても当人はそれが嘘だって分かることだろ。意味ねえよ」

ターコイズは冷静だった。卑劣な男であるが故に何が人の心を苦しめるかを理解している。

自分の裸……しかも男と交わり喘いでいる姿を大衆に見られて平気でいられる女なんていない。

そう見込んでいる。

「だとしてもだ。何もしないでいられるほど私は薄情ではない」

一方、ドナはエメラダの内心まで救うのは諦めていた。だからせめて、婚約者であるグリムとの仲だけは守ってやりたかった。自分の愛する妻の裸が多くの人間の好奇の目に晒されるなんて彼も気の毒に過ぎる。だが、ドナはそのことをわざわざ説明はしない。弱みを見せれば、つけ込まれる。あくまで自分の気持ちの問題だと言い張る。

ターコイズは頭を掻きむしる。

「今まで誤報がないことも『インサイダー』の売りだったんだ。それを崩すことはかなりの損害だぞ」

「逆に考えろ。情報が間違っていれば回収し、訂正記事を出す。裏を返せば訂正しない記事は真実だということだ。徹底した誠実さはお前の雑誌の信用をより高めてくれる」

ドナの助言にターコイズは大きく頷いた。

「なるほど！　さすがは経営者の先輩だな！　そっちの方でも俺を助けてもらおうか！　まさに俺専用の秘書係だ！」

思わぬ意趣返しにドナの顔が引き攣った。

マリーハウスの結婚相談を受けるスタッフに秘書係という名を与えたのはドナ自身だ。相談者に寄り添い、思いを共有して、結婚へと導く。そんな風にあってほしいとエメラダに授けた大切な名前だ。

ドナが怒りを押し殺していることに気づいているのかいないのか、ターコイズはさらに横柄な態度を取る。

「だが……頼み事には対価が必要だぜ」

「対価？」

「ベルトライナーとデモネラの件は黙っててやる。代わりにお前は俺の命を付きっきりで護る。回収と訂正記事の対価はまだもらっていねえ」

そのがめつさにドナは辟易する。だが、逆に言えば条件次第で先の願いが叶えられるということだ。

「何が望みだ。言っておくが、専守防衛は崩さんぞ」

「分かってる。俺だって血腥いことは勘弁だ。そんなものより大事なのは、俺とお前との絆だ」

「きずな……だと？」

ターコイズはドナの唇を見つめ、そこからゆっくりと視線を下ろしていく。豊満さと華奢さを兼ね備える男の欲望を具現化したような魅惑的な肢体。それもまた金や権力と並んでターコイズが求めてやまないものだった。

「男と女が仲を深めるとしたらヤることは一つだ。そこまで俺に捧げられるっていうのなら俺もお前を信用できる」

鼻息を荒くしてドナの腰に手を回す。

その瞬間、ドナは情けなさに膝をつきそうになった。

魔王だった頃から知る人ぞ知る彼女の美貌はカリスマ性を高めるのに一役買っていた。数多の部下が寵愛を賜るために戦果を競い合ったが、彼女は自分の体を誰にも下賜しなかった。ミイスに来て、マリーハウスを始めてからは沢山の人目に触れ、男達の羨望を集めた。我が物にしようと錚々たる男達からアプローチを受けたが、全部袖にした。

行為が怖かったわけでも、貞操を大切にしていたわけでもない。誰かに支配されることも、誰かに染まることも良しとしない彼女の存在そのものが異性との交わりを拒んでいたからだ。にもかかわらず、卑劣で醜いこの男に脅され、犯されなければならない。

「私の敗北、か」

声にならないほど小さな呟き。ターコイズは「ん？　なんて言った？」と聞き返す。それを無視するように目を伏せたままベッドに横たわり、

「……好きにしろ」

と吐き捨てるように言った。皿に載せられた料理のように無防備にベッドに横たわるドナの長身を目の当たりにしたターコイズは、歓喜の声を上げるわけでもなく、ただ、まばたきもせ

ず目を見開いて彼女の体を凝視した。

「さっさとしろ。私は作法も何も知らないんだ」

「お……おう……」

荒々しくズボンを脱ぎ捨てて、ベッドに上がりドナのドレスに手を掛けた。息を荒くしながらもその指は果実の薄皮を剝くようにドレスの布だけを剝がしていく。焦らすため、というよりも、神々しいほどに滑らかでシミひとつない肌に気後れしているのだ。

(卑劣で、臆病で、しょうもない男だ。だが、この男に私は負けた。誰よりも強い力を持っていても勝てないことがある。十年前に学んでいた筈なのにな……)

ふと、ドナの脳裏によぎったのは自身を打ち倒したベルトライナーの顔。

(もし、このことを知ったらアイツは失望するだろうか、軽蔑するだろうか、からかってくるのか。いや……何事もなかったかのように「あっそ」とだけ言って、何事もなかったかのように他の女の元へ消えていくんだ)

ショウのそんな態度が悔しいやら寂しいやらで自嘲気味にフッ、と笑った。それを勘違いしたターコイズはいやらしい笑みを浮かべる。

「なんだ案外乗り気なんじゃないか？　じゃあ……いくぜ」

破裂寸前の風船のように膨らんだ欲望をドナに注ぐべく、その胸に飛び込もうとした。

しかし――――

ガシャアアアアアアアン!!

窓ガラスが派手に割れる。何かが窓の外から飛び込んできたからだ。

その何かは人だった。投擲魔術と呼ばれる投擲物の飛距離や威力を向上させる魔術をかけられて、この部屋目掛けて投げ込まれてきたのだ。

「おっとっとっとっとっと……っとぉっ⁉」

ドナもパッと目を開ける。ターコイズに対する襲撃かと思い防御障壁を展開しようとしたが、すんでのところで止めた。

部屋に飛び込んできたのはショウだったからだ。

「お前は――――」

「ゲス・パァーンチ！」

ふざけるようにいい加減な技名を叫びながら拳を繰り出すショウ。只人並み(ヒューマン)の身体能力しか持たない彼だが、戦闘センスだけは一級品なので、飛び込んできた時の勢いをそのまま拳に乗せて強烈な一撃をターコイズの頬にお見舞いした。

「ゴヒュゥっ!!」

ターコイズはゴム毬(まり)のようにポーンと飛んでいき、ドナの上から離れた。ショウは殴った拳を押さえながら目をパチクリさせているドナに声を掛ける。

「お楽しみ中だったら悪かったな」

へっ、と自分で言った冗談を鼻で笑う。

ドナは窮地を脱したように見えるが、ターコイズの怒りを買ってしまえばさらなる窮地に追い込まれる。起き上がったターコイズは悲鳴を上げるように怒鳴り散らした。

「こ、殺せええええ!! 今すぐベルトライナーを殺せ！ デモネラっ！ さもなくば全部ばら撒(ま)くぞ！」

戸惑うドナ。しかしショウはケッ、と吐き捨てる。

「案の定、脅されていたみたいだな。脅迫材料は俺たちの昔の名前。それからお前を殺したと偽った俺の罪、ってところか」

自身の予測をターコイズの言葉で裏付けし、さらに本人に聞かせて反応を見ることで答え合わせをする。結果は明らかだった。

「悪趣味なグレイスがとことんカスでゴミみたいな男の元に転がり込んだようで。保安隊の尋問係にでもなったら世のため人のために使えたろうに」

呆れるような口ぶりのショウにターコイズは怒り散らす。

「うるせえっ！　才能にも血筋にも恵まれたお前みたいなお利口さんとは違うんだよ！　手に入れた力を自分のために使って何が悪い！」

ショウの存在はターコイズのコンプレックスを刺激する。人類王と呼ばれ、史上最高の英雄であり為政者と称されたその地位をあっさりと投げ捨てて、ミイスの街で史上最強の魔王を使役しながら、日がな酒と女遊びに明け暮れている。自分では足元にも及ばないから、足を引っ張ってやりたかった。エメラダとの行為の写真をばら撒いたのにはそういう意図も大いにある。

「否定はしねえよ。黙っていても女も友人も集まってくるし、今回のカメラブームでこづかいも増やした。俺ほど恵まれた人間そういねえよな。それに自分のためにバリバリグレイス使うし。だがなぁ、お前はやっぱ度が過ぎてるぜ。『インサイダー』のせいでミイス中にクソ気持ち悪い娯楽が蔓延しちまった。正義の名の下に集団で私刑を行うなんて現代人がやることじゃねえ」

「知ったことか！　俺は俺の力を有効活用しているだけだ！　事実、魔王デモネラも俺の女だ！　お前が俺に何かしようとすればコイツが黙っちゃいねえぞ！」

勝ち誇るターコイズ。ドナは動揺するようにターコイズとショウを交互に見やる。先ほどまでの鉄面皮はどこに行ったのか、迷子の少女のように不安そうな顔をしている。もはや条件反射的にショウがそばにいると子供のように堪え性がなくなる。『どうすればいいのか』という迷いが加速し『どうしたらいいのか分からない』という思考放棄を起こす。

そのことを知っているショウはドナに背を向けたまま、懐から一枚の紙を取り出す。

「包丁は料理人が使えば利器となり、盗人が使えば武器となり、メシマズ嫁が使えば凶器となる——なんて歌が酒場で流行ってたっけな。要するに道具は使いようってことだ。お前が写真でこの街を脅かすなら、俺は写真そのものを壊してやる」

「写真そのものを、壊す？　どういうことだ？」

訝しげな目で睨みつけてくるターコイズにショウは返事代わりに紙を広げて突きつける。すると、

「な、な、なんだこりゃあああああああ⁉」

絶叫するターコイズ。彼の足元に紙を投げ捨てると、もう一枚同じものを取り出してドナに投げ渡す。胸元を腕で隠しながらドナは紙面を見る。それは新聞の号外記事のような作りで紙面の上部にデカデカと、

「デマだらけの悪徳雑誌『インサイダー』にたやすくダマされるマヌケなミイス市民たち！
ウォール・アイズのダマシの手口を完全公開！」

と書かれている。露骨なタイトルであるが、それ以上に記事は凄まじいものだった。

『昨今、ミイス市内を騒がしているインサイダーの記事が捏造だらけであることが判明した。先日のマリーハウスを中傷する記事を見てみよう。行為中の美男美女を写した写真がある。一見、副所長と従業員が男女の関係にあることを告発する写真のように見えるが、これも捏造である。元のフィルムに写されていた写真はこれだ』

文字の下に二枚の写真が並んでいる。一枚は、エメラダとショウが絡み合っている写真。そしてもう一つは、構図、背景、被写体の体格や体位も同一であるが、顔が全く違う。エメラダとは似ても似つかない彫りが浅く陰気な印象を受ける不器量な女と、ショウとは似てないどころか頭頂部が禿げ上がっている脂ぎった中年が写っていた。

それを記事は解説する。

『元々はこの右側の男女の写真なのだ。彼らに会うことができた我々は、この写真が撮られた経緯を聞いた。

「ターコイズの手下を名乗る男たちがボクと彼女をさらって、無理やりこのような写真を撮ったんです！　顔はバレないから安心しろ、と言われていましたがまさかこんな使われ方をするとは……」

　と動揺を隠せないようだった。写真に写った人の顔を挿げ替える。そんなことが本当にできるのか、某名門学院に勤める魔術の権威から話を伺った。

「結論から言えば、簡単ね。絵の具で描かれた絵を捏造するのは絵心がいるけど、写真だったら二つの写真を組み合わせるやり方でいくらでも作れるわよ。光を使って像を焼き付ける写真と光学魔術は理屈が近いもの。胸が控えめな子を豊満にしたり、醜い鬼人族の顔を美しい長耳族のようにしたり、そんなの思いのままよ」

　と言って、彼女はものの数十秒で猫人族の少女の控えめな胸に立派なメロンを二つ付け加えてみせた。見比べてもどちらが本物なのか区別がつかない。真実を写し出す、という触れ込みで広まったカメラと写真だが、簡単に捏造ができてしまうと分かった今、その価値は暴落することだろう。写真は真実を写し出すとは限らない。逆にウソつきの垂れ流すデマを強化する道具となり得るのだ』

「というワケだ。コイツを下僕どもがあちこちでばら撒き回っている」

「だ、だからといって皆がこの記事を信じるものか！　『インサイダー』の読者はこのミイスの人口の半数を超える！　詰めが甘いぜ！　人類王！」

ターコイズはイキリ立った。相手が人類王と呼ばれた大物だろうと自分の得意分野で負けるはずがない、と思っていたからだ。しかし、ショウは余裕綽々といった様子で言葉を返す。

「詰めが甘い？　それはお前に返すぜ。いくら寡占状態だからってライバル誌のことを無視してちゃいけねえよ」

「ライバル……？」

『インサイダー』が流行り始め、後を追うようにいろんな写真雑誌や新聞が生まれた。だがそれら全ての売り上げを合わせても『インサイダー』一誌に敵わない程度だった。

「ゲスに自信はあったけど、やっぱり根っこから腐ってるヤツには負けるぜ。あの手の雑誌の半数以上は俺が糸引いてたのにさ」

「…………は？　じゃ、じゃあまさか!?」

『魔王デモネラはメスオークと見間違えるほどの不美人』『人類王ベルトライナーはマリーハウスのイケメン副所長とクリソツ』『ウォール・アイズ社長のターコイズは新聞社にその才能を妬まれて追放された悲劇の天才』。いろいろ面白い記事作ったんだぜ。ハルマンやバンじいにいろいろ用意してもらって、魔術の権威に写真をたくさん捏造加工してもらってな！」

ターコイズはゾッとした。たしかに売り上げでは『インサイダー』の一強だった。しかし、他の雑誌も束になればかなりの部数が発行されており、写真情報誌というジャンルを形成していた。それらが捏造だらけと知られれば……

「誰も写真情報誌そのものを信じなくなる……『インサイダー』も……」

「へっ、当然だろ。写真だけはグレイスで事実を写し取っていたが、中身はこじつけや妄想ばっかじゃねえか。落ち着くところに落ち着いたってワケだ」

ショウはヒヒヒ、と笑う。本来、ドナの正体がデモネラであることや、ベルトライナーが彼女の死を偽装したなんてことは突拍子もない与太話扱いの代物だ。『インサイダー』と写真に対する信用があって初めてスキャンダルとなり得たのだが、その二つはもう露と消えた。

「ま、まだだ……俺のグレイスについて発表すれば！　俺の写真だけは真実だと分かってもらえる！　お前たちの……過去は消せない！　だから」

「アホか。お前が始末されずに済んでいたのはそのグレイスを秘匿していたからだ。過去を暴かれたくない権力者連中からすれば、お前なんて危険人物以外の何物でもない。それによ……お前がコケにしていた女が、どうしてそんな猶予をくれると思ったんだ？」

ショウの言葉を聞くや、ターコイズの背中に悪寒が走った。恐る恐る、ドナに目を向けてみる。

「…………」

無言だった。しかし、ドナの赤い目は黄金色に変色し、射殺すような目つきでターコイズを睨みつけた

「ひっヒギィいいいいいいいい!!」

半狂乱となって部屋から飛び出していったターコイズ。それをショウもドナも黙って見送り、しばしの沈黙が訪れる。しばらくして先に口を開いたのはドナの方だった。

「……どうする？」

「別にお前が手を汚す必要ねぇよ。ちゃんと無職でヒマ持て余してる野郎を向かわせているし、そっちに任せりゃいい」

ショウはそう言うとドナに向き直り、彼女の前に仁王立ちした。

「お前ともあろう者が随分弄ばれたな。ハルマンもアーニャも泡食ったみたいになってたぜ」

「……二人には、謝る。許してもらえるか分からないが」

ターコイズの魔の手から解放されたというのにドナの表情は暗い。裏切りを嫌っていることを声高に言ってまわっている自分が彼らを裏切ってしまった。

「ま、なるようにしかならねえな。そもそもアイツに脅された時点で俺に相談しとけば良かったんだ。あの手の卑怯者の要求がエスカレートしねえワケねえんだし……つーか、もっと自分を大事にしてくれ。お前の初めての男がアレじゃあやるせなさすぎる」

ネチネチと説教をするショウは残念な奴を見る目で見下ろしてくるので、ドナもイラっとせざるを得ない。プイッと顔を背けて文句を返す。

「自分を大切にしろ？　お前みたいな好色家が言うセリフじゃないな。他人に取られたくないならさっさと自分のモノにすれば良かったんだ。もっとも、私みたいな一度寝たら死ぬまで離れてくれなさそうな女に手を出すのは怖いか？」

「……なんだよ、最近機嫌が悪かったのってアレ聞いてたからかよ。ガキだなあ」

「子供呼ばわりするな！　たしかに年齢はお前より若いが、生まれてすぐに成人並みの体と知性を得ている！　十分に大人だ！」

「はいはい、分かった分かった。ドナちゃんは大人だね！」

子供をあしらうかのように雑な返答をするショウ。ドナはドナで窮地を助けてもらったにもかかわらず、横柄な態度をとってしまった自分に嫌気が差していた。

（こういうところが面倒臭いと思われる原因なんだろうな……ん？）

ふとショウの方を見ると彼の手が切れて血が流れていた。大した傷ではない。頑強な肉体を持っているわけではないのに窓を破ったのなら当然だろうとドナは思った。

「ケガしているじゃないか。見せてみろ」

そう言って、ショウを手招きするが、

「そんなのいいから、『俺のタイマンに付き合え』」

「え？」

ショウが『怠慢』のグレイスを発動させる。対象はドナだ。非力なショウに最強の魔王に匹敵する力が授けられると、部屋のカーテンを瞬時に引きちぎり、ベッドに掛けてシーツのように敷く。そして間髪入れず、そこにドナを押し倒した。

「え⁉　お、おい？　何を？」

戸惑うドナの目をじっと見つめたショウは髪を搔き上げ、

「ガキは抱かねえのが信条だが、大人の自覚があるならもう我慢する必要もねえな」

と言って手荒に服を脱がせ始めた。

「まっ……待て！　いきなりそんなこと⁉　こ、心の準備が！」

「できてないって？　オシオキだからちょうどいい。男に抱かれるってのは怖くて痛いことだってのを教えてやる」

ドナの身を包むドレスもショウの前では麻紐を解くように容易く剝かれ、きめ細かい肌があらわになる。その肌を指先がなぞり、首筋に鼻が埋められる。触れられた部分に感じたことのない熱が生まれ、ドナは思わず吐息を漏らす。

「あぁっ！　ダ……ダメだっ……！　これ以上は……んっ！」

心が追いつかない。抵抗する手を押さえつけられ、なされるがままベッドに転がされて撫で回される。雄に無理矢理組み伏されることの恐怖と微かな被虐の悦び。心も脱がされるように、全ての感情が隠しきれなくなってドナの瞳に涙が浮かぶ。するとショウは片手でドナの細い首を軽く絞める。

「初めて会った時から極上の女だと思っていたよ。殺すなんて勿体無いことするより、ぶっ壊れるくらいに抱いて屈服させてやりたいと思っていた」

額と額を合わせて、ショウはドナに囁きかける。

「あの時からずっとお前は俺という雄に狙われていたってわけだ。我慢した分、きっちり取り立てさせてもらうぜ」

荒々しくシャツのボタンを開けていくショウ。胸の肌が見えた時にドナは恥ずかしさのあまり目を逸らした。

「ど、どうかしている……こ、こんなの……死んでしまう……」

顎を摑んで無理やり顔を自分に向けさせるショウの目は据わっている。だがその瞳はキラリと光っていて、そこに映っている自分と目が合った。

（ショウは女を抱く時、こんな表情をするのか……）

なんて色ボケた考えが頭をよぎり、ドナは目を開けていられなくなった。

「……せめて、優しくしてくれ……これで痛かったり辛かったりしたら、お前のことが嫌いになってしまいそうだ」

泣きそうな声で返しながらも覚悟を決めた。

オシオキだとしても、望んだ形でなかったとしても、人と結ばれるのならその相手はショウじゃないと嫌だと、分からされてしまったから。

「ドナ………」

ショウは優しく彼女の名前を呼び、その頰を滑るように撫で――

「――ゲス・チョップ」

「いたっ⁉」

ぽこっ、と間の抜けた音が頭蓋に響き、ドナが目を開けると、覆い被さりながらチョップをお見舞いしているショウと目が合った。

何が何だか分からないといった様子のドナに苦笑しながらショウは体をどける。

「へへへ……『せめて優しく……』なんて乙女過ぎるセリフ、お前の口から出るとギャップがすげえな」

と言われて、ようやくドナは自分がからかわれていたことを察する。

「ショ……ショ〜〜ォウ……お前っ！　冗談でもやっていいことと悪いことがっ！」

「いやいや、かわいかったぜ。きっとそういうのがツボなヤツいるから。これに懲りたら自分のカラダは大事にしな。ちゃんとした恋人ができるまでな」

笑いながらショウはテーブルに置かれていたターコイズのカメラを拝借すると部屋から出ていった。

一人残されたベッドの上でドナは顔を真っ赤にして膝を抱える。お尻の下に敷かれたカーテンはゴワゴワしているが、ターコイズや彼の買った女達の穢れが残るシーツから彼女を守ってくれていた。

「こういうところだ……お前の嫌いなところ！」

悔しさと切なさが込み上げ、真紅の瞳に涙が溜まる。

「大っ嫌いだ！　お前に裸を見られるのは恥ずかしいし、お前が心に触れてくると甘えたくなる！　私を……私をただの小娘みたいにしてしまうお前が大っ嫌いだ！」

エメラダが言った『恋愛は惚れた方が負け』という言葉を反芻する。一人で胸を焦がしながら子供みたいに泣いているドナは誰から見ても敗者だった。

◇◆◇◆◇

新興区画の路地は人気がなく、開発も途中のため行き止まりだらけ。ターコイズはすぐに追い詰められていた。

「ったくよ……後先考えて我慢したけどよぉ……こっちも限界なんだよ。最近、娼館はハズレ引いてばっかでムラムラとイライラで爆発寸前だ！　やっぱお前は俺が殴る！」

欲求不満を暴力に変えてターコイズに食らわせてやろうと迫るショウ。

「くっ……来るなぁ！」

ターコイズは袖に仕込んだワイヤーを引き伸ばす。すると、ショウは無防備に近寄り、

「『俺のタイマンに付き合え』」

と言葉少なく命じる。グレイスが発動する。

「う、うおおおおおおっ！　【破断】！」

ターコイズがワイヤーを振るう。【破断】はワイヤーアーツの基本的な攻撃技。鞭のようにしなりながら放たれるワイヤーは肉を斬り骨を断つ。丸腰の只人が食らえば大怪我するくらいには威力のある技だ。しかし、

「【破断返し】」

ターコイズの技能をコピーしたショウにとってはワイヤーの軌道は見え見えで、後は持ち前の戦闘センスでカウンターするだけだ。

　ターコイズは自分に戻ってきたワイヤーの攻撃を食(く)らい、顔や腕の薄皮を切られて地面にのたうち回った。

「い……痛ィィいいいっ！　た、助けてくれっ！」

「こんくらいで泣(な)き喚(わめ)くなよ。ほら、笑えって」

　ショウはカメラを構えてターコイズを撮る。そのカメラは最新式のインスタントカメラで、撮ったその場でフィルムが現像される代物だ。

　カメラから出てきたフィルムをペラペラと乾かすようにして振っていると、次第に像が浮かび上がってくる。そこにはターコイズの顔はなく、血に塗(まみ)れた両手、がターコイズの視点で写っていた。

「なるほどな。概(おおむ)ね、俺の予測どおりのグレイスだ。じゃ、これならどうだ？」

　ショウはカメラのレンズを自身に向け自分の顔を撮る。出てきたフィルムに像が浮かび上がるのをじっと待ち続けるショウ。そして、

「フッ………ハハハハハハハハハハハ！　スゲエな！　こんな鮮明に写るものかよ！　これは面白えグレイスだ！」

　けたたましく笑ってショウはフィルムが切れるまで自分に向かってシャッターを切り続けた。

地べたに這いつくばり怯えきっていたターコイズに、

「おい、お前ラッキーだぜ。俺は借りを返す良い男だからな。お前のことは見逃してやる。せいぜい頑張って逃げ回りな」

ショウはそう言い残すとフラフラと路地を曲がり姿を消した。


「な、なんだってんだ……」

傷の痛みに顔を歪めるも、とりあえずの危機が去ったことにターコイズはひとまず安堵した。

「ミ、ミイスにいるのはダメだ……早く逃げよう。有り金をまとめてどこか、違う国へ……兎耳族の国あたりがいい。ここよりずっと物価が安いから店くらい簡単に持てる。飲食店がいい。ミイスでいろんな美味いものを食った俺なら大繁盛のレシピがいくらでも出てくる。働き手も貧しい農家の娘を何人かまとめて買えばいい。店の切り盛りと俺の世話をさせるんだ。そうだ、この街にこだわらなければ俺はいくらだって成功できる」

妄想をわざわざ口に出すのは不安から逃避するためだ。だが、それはあまりに浅はかだった。都合の良い妄想に夢中になっていて、彼は自分を狙い背後から迫り寄る鬼人族の憤怒に気づけなかったのだ。

chapter 7

7 祭りの後のように

少子化対策を推し進めるミイスでは、妊婦に対する支援が厚く、無料の定期検診が受けられる。他国では考えられない厚遇である。

だが、スカーレットは膨らみが目立ち始めたお腹と不安を一緒に抱えていた。

昨日、マリーハウスへの中傷記事が載った『インサイダー』を見てしまった。マリーハウスに世話してもらって結婚できた彼女から見れば明らかにデタラメな記事だったが、証拠写真とともに掲載されているせいで全く疑う気持ちがないとは言えない状態になっている。

ターコイズに貯金を全て奪われて、手持ちの現金が全財産。グエンも保安隊を辞めて収入はない。そのくせ、何故か忙しそうに外を駆け回っている。家で顔を合わせる時間が少なくなり不満だが、後ろめたさが先に立って怒る気にはなれない。こんな状態で、ちゃんと子供を育ててやれるか自信がない。

ターコイズがさらに金銭を要求してきたら払えそうもない。全てが明らかになり、ショックを受けたグエンから別れを切り出されたりした日にはどうすれば……

金がないことによって増長した不安により、スカーレットはあらゆることを悲観していた。

彼女が家に帰ると先にグエンが帰っていた。少し顔に傷を作っている彼を見て首を傾げたが、それ以上に驚くべきものがグエンの目の前のテーブルに置かれていた。

「あっ！」

とスカーレットは短く悲鳴を上げる。それは彼女が脅される材料となっていたアランとスカーレットが半裸で抱き合っている写真だ。まだあどけなさの残るスカーレットは、満足げだが少し疲れたような顔をしている。

彼女はしっかりと覚えている。純情を捧げた夜の直後だということを。このまま一生添い遂げたいと願ったことを。

グエンが目の前にいるにもかかわらず記憶がとめどなく頭をよぎったことに強く罪悪感を覚え、その場に立ち尽くしてしまう。

「なに突っ立っているんだ。大分歩いたろう。椅子に座って足を休めろ」

　グエンは立ち上がるとスカーレットを半ば無理やり椅子に座らせ、写真と対峙させた。

「グ、グエン……この写真はね」

「アランだろ。お前の婚約者だった」

　あっさり言ってのけたグエン。スカーレットは緊張と不安で彼の目が見られなかった。

　だがグエンは写真の横にガシャッ、と金貨袋を置いて話し出した。

「ちゃんと取り返してきたぜ。あのターコイズって奴に脅されてたんだろ」

「どうしてそれを⁉」

「……保安隊辞める直前だけどさ、仕事中にたまたまお前がアイツの餌食になってるって分かったんだ。すぐにでも殺してやりたかったが、我慢した。下手こいてお前の裸の写真が街にばら撒かれたら悔しくて俺が死んじまう」

　ククク、と乾いた笑いを漏らすグエン。スカーレットは今にも泣きだしそうなくらい悲壮な顔で訴えかける。

「グエン……私は、本当にアンタのことが――」

　言葉を最後まで聞くこともなく、グエンは彼女を抱きしめた。

「言わなくても分かってるって。愛してなきゃ、俺みたいなのと一緒にいてくれるわけねえもんな」

　グエンの胸の中でスカーレットは何度も首を縦に振る。

「心配してたのか？　この写真見たら俺が怒ったり泣いたりするかって？　バカだなぁ、言ったじゃねえか。昔の恋人の思い出も全部抱えたまま俺の元においでって」

スカーレットが脅されている原因がこの写真だと知った時、グエンの頭に浮かんだことは「この写真を見て、スカーレットは少しでも思い出を取り戻せたんだろうか」ということだった。

「もし、お前が死んじまったら俺は一生引き摺るよ。金持ちになろうが後妻にどんな良い女もらおうが今際の際まで忘れない。お前の写真があれば宝物のように大事にするだろうから、お前も持っておいていいんだよ。ま……たしかに俺よりちょっとハンサムだし、甲斐性ありそうだよ。でもな、俺はそいつに負けてるなんて少しも思わねえよ。だって、お前と結婚して愛し合って子供にも恵まれて、これからずっと生きていくのは俺なんだから。お前といる限り、俺は誰よりも幸せなんだ。だから、もっと頼ってくれていいんだぜ……まあ、まずはちゃんと働け！　って話だけどさ」

自嘲気味に笑うグエン。スカーレットは、改めて自分が恵まれていることを感じた。添い遂げられなかった初恋の後に、それも全部引っくるめて自分を愛してくれる優しい相手に巡り会えた。

「グエン……大好き……」

「おう……」

二人は右手でお互いの背中に手を回し、左手は子供がいるお腹にそっと添えた。

ショウがターコイズやドナを相手にやりたい放題やっている裏で、アーニャは目まぐるしい勢いで働いていた。

ショウの写真の捏造を手伝い、出来上がった原稿を印刷工場に持ち込み、刷り上がるまでの間に『インサイダー』の記事で槍玉に挙げられた相談者や関係者に事実無根であることとターコイズの悪事について説明し納得してもらい、夜に刷り上がった号外を片っ端からミイスの街中にばら撒き、夜が明けてからも街角で声を上げながら号外を配り歩く。

「ご、ごうが——い！　マリーハウスの悪評は全部デマです！　『インサイダー』は写真を捏造してありもしないことを記事にして街中に迷惑をかけています！　『インサイダー』だけではありません！　写真情報誌は全部嘘だらけです！」

アーニャの体力は限界だった。先祖返りして戦闘をしただけでも翌日筋肉痛に苛まれるのに、それに加えて先述のデスマーチが続いている。

目の下にクマを作って声を張り上げ、街頭で号外を配りまくる姿は可愛い看板ネコ娘というより鬼気迫る手負いの獣のようで、誰もが怯えながら号外を受け取っていた。

「つ……つらい……ねむい……やすみたい……でも、エメラダさんが……幸せな結婚を迎えるため――――」

「なにやってるの？　アーニャちゃん」

意識が朦朧としているアーニャの目の前に現れたのはエメラダとその婚約者のグリムだった。

「わ……わわ――っ！　エメラダさぁん!?」

「ん？　そんなに私に会えて嬉しいの？　照れちゃうわぁ」

頬を押さえてほっこりした表情を見せるエメラダ。その手には勢いでアーニャが渡してしまった号外があった。

「あぁっ！　それ、ダメです！　返し」

「なになに？　号外？　へぇ――っ！『インサイダー』の嘘を暴いてくれてるのね。やっぱり、悪いヤツもいるけど良い人もちゃんといる良い街ね。ここは」

ニコニコと笑顔で記事を眺めるエメラダとグリム。そして、彼女達の視線が件のエメラダとショウが交わっている写真に辿り着いた。アーニャは大慌てで、

「わ――――！　わ――――！　わ――――！　なんて酷い捏造写真でしょう！　エメラダさん

とショウさんの顔を挿げ替えているんですよ――！　こうやって二人ができてるみたいなウソを流すんだなぁ――！　ひどいな――！」

　とエメラダとグリムに訴えかける。圧の強さに引きつつも、グリムが、

「たしかにヒドイね。ククくっ！　エメラダのおっぱいはこんなに大きくない！」

　と童顔をクシャクシャにして笑った。そんな彼と同じようにエメラダも笑う。

「昔はもっと大きかったのよ。それこそこの写真くらいに」

「そうだっけ？」

「そうよ。娼館で働いていた頃は肉付きが良い方が客が付くからって、バンじいにいっぱい食べさせられてたてね」

　胸を持ち上げながらあっけらかんと話すエメラダにアーニャは耳を疑った。

「ちょっ……エメラダ、さん？　な、な、なにを？」

　目を血走らせるアーニャ。エメラダの過去がバレないように駆けずり回っていたのに……

「ん？　ああー、そっか。アーニャちゃんには言ってなかったっけ。たくさんお話ししたから知ってるものだと思ってたわ。私ね、マリーハウスで働く前はミイスで娼婦をしていたのよ」

「あわ……あわわわわわ……こ、婚約者さんの前でそんなこと!?」

　アーニャはグリムを見やる。驚いて目を見開いていたり、怒りに打ち震えている――と思いきや、やや鼻の下を伸ばして件の記事を眺めている。

「知ってるよー。ショウくんもお客だったんだよ。彼と仲良くなったおかげで娼婦(しょうふ)から足を洗えたんだよね」

「そうそう。アレで親身なところあるのよね。あの子に会わなかったらドナちゃんとも知り合えずグリムも見つけてもらえなかった。人の縁って、奇跡でできているって思うわぁ」

二人ともほっこりとした表情で思い出話に花を咲かせている。納得いかないのはアーニャだけだ。

「ちょちょちょちょちょちょぉう！　え、待って？　そんな簡単に流せることなんですか？　結構重い過去だし、気まずくなったり」

「そこはおあいことということで。僕も似たようなことさせられていたからね。里を焼かれた長耳族(エルフ)が生きていくのは本当大変だから。正直、愉快な話でもないけどさ。でも長耳族(エルフ)の人生って長いんだよ。数年辛(つら)いことがあってもそっちに残りの何百年も引っ張られちゃ生きていけないのさ」

サッパリとした人生観。当然、全ての長耳族(エルフ)が彼らのようというわけではない。価値観が近いからこそ二人は馬が合い、結婚するまでに至ったのだ。

「でも、この写真はあり得ないわね。ショウくんが私のお客だったのってもう何年も前だからその頃、カメラなんて発明されてなかったでしょう」

「だよねえ。写真ってこんな真に迫る感じで捏造(ねつぞう)できるんだ。簡単に信用できないな」

二人は件の写真をそう評した。ターコイズのグレイスのことはほとんど誰も知らない。だから、カメラ発明以前の過去の出来事が写っているのならば作り物に違いない、ということで話がついてしまうのだ。

「…………ま、結果オーライ――――か」

肩透かしをくらって緊張の糸が切れたのか、アーニャは脱力しその場に倒れこみ、眠りに落ちた。

◇　◆　◇　◆　◇

アーニャが目を覚ましたのはマリーハウスの中だった。執務室に置かれたソファの上で濡れ布巾を目の上に載せられて寝かされていた。

「気がついたか。お前が往来で倒れたと聞いた時は驚いたぞ」

自分を気遣う聴き慣れた声にアーニャは飛び起きた。

「所長⁉」

そばに置かれた椅子にはドナが座っていた。その表情はどこかぎこちない。アーニャの呼びかけを無視し、当たらなかったとはいえ攻撃を放ってしまった。どんな顔をすればいいのか分からないままドナは先に謝罪を述べる。

「この前は……すまなかった。訳があって、ああするしかなかったんだ。怒って当然だし、すぐには無理だと思うが……どうか、あの裏切りを許してほしい」

頭を下げて詫びるドナ。手探りで関係の修復を試みているその様子は、実年齢の少女相応のものだった。

そんな彼女に対して、アーニャがとった行動は、

「おかえりなさい。所長」

起き抜けで鈍く重い自分の体を押し付けるようにドナにもたれかかり、顔を埋めるように抱きしめる。言いたいことは山ほどあったが、悲痛な表情で許しを乞うドナを責める気にはなれない。それに自分のためではなく、エメラダや他人のために身を切ろうとした結果の行動であることも理解していた。

「許しますよ、ちゃんと謝ってくれましたから……」

「あ、ありがとう。本当に込み入った事情があってだな……説明するには私の過去や正体について聞いてもらわなきゃいけないんだが……」

ドナはアーニャに許してもらえたなら、自身が魔王デモネラであったことを告げようと決心していた。これから先、今回と同じように自分の過去を暴かれる日が訪れるかもしれない。だったら、彼女には自分の口で伝えたいと思ったのだ。結果、彼女が自分の元から離れるとしても……

「所長は私に話したいんですか？」

「えっ……」

アーニャはニンマリと笑う。いつもの完璧な所長ではなく、ショウの前で見せる頼りなげな女の子モードなのが可愛くて、同時に嬉しかったからだ。自分にもショウに近い信頼をおいてくれているような気がして。

「話したくないことなら、話さなくていいですよ。過去を知りたい気持ちはないと言ったらウソですけど」

ガルダンディはドナを邪悪と罵った。ハルマンは畏敬と恋慕を抱いている。エメラダは臆病な女の子だと可愛がった。みんな言うことが違うのは、誰もドナの全てを知っているわけではないからだ。自分の知っているドナについての情報でドナの人格を仮定している。そして、アーニャの中にもドナがいる。

「所長がこの街でやってきたこと、やろうとしていること、全部大好きなんです。だから、秘密なんて知らなくても信頼できますし、憧れています。それで良いと思いません？」

全部分かり合えることは素晴らしいことだけど、それは相手に求めるべきことではない。そんな悲壮な覚悟で向き合わなくても、優しく温かい時間の中で信頼関係は育まれていくものなのだとアーニャは知っている。

ドナも気づいた。

（また、私は身勝手なことをするところだった。自分ですら受け入れがたい罪深き過去を部下に受け入れさせようとしていた。それが信頼の証とでも言わんばかりに）

アーニャの額を撫でてその顔を瞳の中に収めて笑いかける。その穏やかな笑みの裏でドナは固く決心していた。

（私の過去と闘うのは私自身だ。どんな困難があろうとも、この子の前ではマリーハウスの所長、ドナ・マリーロードであり続けよう）

これまで以上に強い絆で結ばれた二人は抱きしめあったまま、なかなか離れようとはしなかった。

平穏に戻ったミイスの街。

栄華を極めた写真情報誌の売り上げは急落し、情報に煽られる者も少なくなった。ショウがばら撒いたデマの嵐は人々から写真に対する信用を奪ったからだ。

写真は真実を写し得ない。そのことが広まったミイスの街では、写真は胡散臭いものとして扱われるようになった。無実の人を傷つける悪事の片棒を担いだ人々は、自分の罪を写真のせいにして罪悪感を和らげている。

弊害は写真情報誌だけに留(とど)まらず、真面目に写真を芸術作品に昇華しようとしていた写真家にも塁が及んだ。

世界中を飛び回り、その絶景を撮影してきた飛鳥族(ウイングス)の写真家の写真集は、

「こんな嘘(うそ)みたいな素晴らしい景色、自然にあるはずがない！　捏造(ねつぞう)だ！」

と罵られた。

カメラを水中用に改造して海の中の写真を撮った魚人族(マーマン)の女性も、

「水の中で写真なんて撮れるわけない！　写真を加工してるに決まっている！」

と謂(いわ)れなき糾弾を受けた。

間違いに気づく自分が優れていると思い込んだ人々は見境なく写真を責め立てるようになり、ミイスの写真文化の発展は後退した。

そのことに最も怒っていたのはハルマンだった。

ショウが入り浸っている酒場に憤怒(ふんぬ)の表情で現れると大声で怒鳴り散らす。

「ショウ……よくもやってくれたな！　お前のせいでカメラと写真の評判は地に落ちた！　舞台やコンサートの宣伝に使われている写真は軒並み加工扱いされるし、裁判における証拠としても不十分だと烙印(らくいん)を押されてしまった。せっかく、世界すら変える発明がこの地に生まれたというのに！」

喚く声には嘆きと怒り、そしてやるせなさが混じっている。

写真への信頼が失われたことで、後ろ暗い過去や悪行の証拠写真をターコイズに撮られてしまっていた芸能人たちが解放されたのも事実。さらには、『インサイダー』で既に記事が出てしまっていた者たちも捏造写真による冤罪だったとして、多くが信用を取り戻している。中には正鵠を射た記事もあったのだが、

『悪の写真情報誌が大衆を唆し、無実の人を攻撃させていた』

というシナリオを信じたいがために、『インサイダー』の記事が全て悪意を持って書かれた捏造記事であることを大衆は望んだ。故に、苦しめの自己弁護であっても信じることにしたのだ。

結果、ハルマンの愛する芸術も興行もショウの奇策によって救われたと言える。

「あんなもん、遊び道具程度に思われているくらいがいいんだよ。事実、玩具の域を出ないしな。瞬間を切り取ったところで分かるのは一つの角度から見た光景だけ。酔って路上で寝ているだけの人間と行き倒れの死体との区別すらつけられない。一枚の写真で真実を知ることができるなんていう幻想を蔓延らせないようにするためには、今回のやり方が最も効果的だった」

ショウの俯瞰的な物言いにハルマンは皮肉で返す。

「さすがは王だな。実に高いところからこの街を見下ろしている。庶民は真実を求めるよりも

娯楽にでも興じていろと」

「その方が幸せじゃん。真実なんて大抵は知りたくない類のものばっかだからな。世界を滅ぼしかけた魔王が生き残っててミイスで平和で豊かに暮らしていると知ったら、殺さんばかりに怒る人間もいるだろう。知らなければそうはならない。権力者が嘘つきだらけなのは争いごとを避けるためさ」

いけしゃあしゃあとした返答に呆れ返りながらハルマンはショウのテーブルに腰をかけ、酒の入ったグラスを引ったくった。

「皮肉の通じないヤツめ！　王様目線でミイスの在り方を憂うならば、ベルトライナーに戻れと言っているんだ。人類の未来を占う実験都市の執政者ならば帝国皇帝の天下り先として格好もつくだろう。昼間から安酒を呷り、商売女の尻を追いかける遊び人にデカい顔をされてはたまったものではない！」

普段の口喧嘩とは違い、説得するような物言いをするハルマン。ショウのことを嫌ってはいるがその手腕を高く評価している。だが、ショウは取り合わない。

「お前に指図される謂れはねえよ。俺はこれでも若い連中のことを信じているんだ。剣と魔法の時代の英雄が出張らなくとも世界は回る。だから怠慢に興じているのさ」

「物は言いようだな。だが、お前が怠けたせいで未だにターコイズは行方知れずだ。ああ、くそっ！　ヤツさえいなければここまで写真の価値が堕ちることは無かったのに……」

嘆くハルマンを横目にショウはフフンと笑う。

「あんなカスゴミ、わざわざ追いかけるまでもねえ。この街には綺麗好きが多いからな」

「なんだ？　心当たりがあるのか？」

ハルマンの問いにショウは「さあな」と嘯いた。

人に紛れるには人の中という言葉がある。今まで自分が脅したり陥れたりした人々から恨みを買っていることを自覚しているターコイズは、サウスタウンの雑居ビルの一室に身を隠していた。脅しの材料に使っていた写真はグエンに捕まった時にほとんど奪われて処分された。難を逃れた写真も加工捏造が可能であることが知れ渡った今、脅しの材料としては弱く、逆に恨みを買っている人間に居所を知られる危険があって使い物にならない。
「おのれデモネラっ……ベルトライナーめ！」
彼の手にあるのは念写のグレイスで写したデモネラとベルトライナーの写真である。零落した今も、彼は栄華への復帰を諦めてはいない。
「なんとかして街の外に出るんだ……そしてエルディラード帝国に行く！　上級貴族であればベルトライナーの顔も知っているはずだ。この写真を見せれば、奴に調べが入る！　そうなれば……クク……人類王が失踪して娼館に入り浸っているなんて世間に知れ渡れば、ヤツも余裕ヅラかましていられなくなるだろうよ」

ベルトライナーの顔を知る者は極めて少ない。戦後間もない時期においてトップの人間の姿を晒すことは国の急所を晒すに等しかったからだ。

たとえそんな人間が見つかったとしても何のコネもない胡散臭い小人族が面会できて、話を信じてもらえると思っていること自体が都合のいい考えというものだ。だが、追い詰められた彼にとっては心を落ち着かせる唯一の手段とも言えた。

コツコツコツ。

古びた木製の扉が外から叩かれた。ターコイズは緊張しつつも扉に近づき、覗き穴から様子を窺う。

「どうも～お呼ばれいただきました、ヴァルチェです」

優しげに微笑みながら甘い声を出す天使族の娼婦がそこには立っていた。ターコイズはホッと胸を撫で下ろすと同時に、情欲に突き動かされ扉の鍵を開けた。

潜伏生活は兎に角、重圧と孤独感との闘いである。その鬱憤を晴らすために娼婦を呼ぶのは常套手段だ。

ヴァルチェを部屋に上げると、前払いの代金を部屋の奥から引っ張り出す。

「へへへ……人気嬢のアンタが出張で来てくれるとは良い時代になったもんだ。それとも仕事が減っちまったのか？」

下卑た笑みを浮かべながら尋ねるターコイズだが、ヴァルチェは全く耳に入っていない様子で、こめかみを指で叩くような仕草をしながら宙を見上げている。

「……何してる？」

「んー、『通信術式』。罠はない、突入せよ」

「は？」

ターコイズが惚けるように口を開けた次の瞬間、扉が勢いよく開けられ、踏み込んできた人影に体を押さえつけられた。

「なっ⁉　だ────」

「喋んじゃねーよ、穢らわしい」

彼を押さえつけているのは天使族のリリス、デモリリだった。即座に拘束魔術を使って声帯を使えなくした。天使族の戦闘部隊にいた彼女の逮捕術は保安隊員の中でも頭一つ抜けている。

声を発せなくなったターコイズは恨めしそうにヴァルチェを見上げる。ハメられたことに気づいたのだ。

「まぁ、恐い顔。やっぱり卑劣なことをして名を上げた方は違うわね」

ヴァルチェのふっくらとした唇が笑みを形作っているが目は笑っておらず、ギラギラと野生動物のような光を放っていた。

「少し跳ね回り過ぎたのよ。有名人の醜聞で小銭稼ぎしてるだけなら天寿を待って審判を仰いでもいいのだけれど、世界を滅ぼしかねない方にちょっかいを出されては黙っていられないの」

淡々と告げるヴァルチェにリリスは怯（おび）え目を逸（そ）らす。

ミイスで暮らす天使族（エンジェル）は各々（おのおの）の生き方をしている。娼婦（しょうふ）、男娼（だんしょう）として人々への奉仕を行う者。保安隊や軍に所属して秩序の維持に従事する者。それら以外にも商いをする者や結婚し、家庭に入る者もいる。

だが、彼ら天使族（エンジェル）には個の生き方以上に優先されるものがある。

それは天命の遂行――

『神のお告げ』と呼ばれる本国からの勅命が降（くだ）った場合、全てに優先して命令に殉じることが義務付けられている。そして、天命の遂行という至上命題のために天使族（エンジェル）がつくった秘密組織を『ヴァルハラ』と呼び、ミイスに暮らす天使族（エンジェル）は全員そこに所属している。

そして、ミイス屈指の人気娼婦（しょうふ）ヴァルチェは天使族（エンジェル）の中でも高位の天使であり、ヴァルハラの幹部でもある。

天命により「ターコイズに対する聖罰」が命じられた時からヴァルチェは自らを餌として失踪したターコイズを捜していた。好色家の彼が潜伏中に女を買わずに過ごすことはあり得ないと踏んでいたからだ。

彼女はターコイズの眉間に指先を押しつけ、そのまま貫き、脳内に挿入する。

「――――!?　――――――――!!」

声を出せないながらも必死で助けを叫ぼうとするターコイズだが、ヴァルチェの言動には一欠片の憐憫もない。

「ベルトライナー様の周りを荒らすような真似をして……その罪、安い命では贖えないわよ。神に代わって聖罰を下します」

ヴァルチェの指から魔力がターコイズの脳に注ぎ込まれる。

「『主は弱き者を慈しみ、その罪を代わりに背負い給ふ。故に我等はその重荷を分け与えて頂くことで彼の国を支えん。この重荷は我々の忠誠の証……聖罰術式七章六節』

――【デュカリオン】」

聖罰と称される天使族固有の超高等魔術。神に代わって罰を執行すると謳うその術式の多くは、破壊を行うのではなく苦痛を与えることに特化している。

【デュカリオン】は脳に直接膨大な量の情報を注ぎ込む。人生に換算するなら数百年間、違う本を読み続けて得られる量の情報は、記憶を司る部分に過剰な負荷をかける。抵抗する魔力があれば別だが、ターコイズに魔力の素養はなくモロに術式効果を受けてしまう。

「――――――ブ⁉――――――ゲェ⁉――――――ホッ‼」

電気椅子にでもかけられたかのように身体をのたうちまわらせ、口からは息や唾液の音だけが漏れる。脳が漂白されていく時の恐怖は死をも軽く凌ぐ上に、体感時間では永遠にも感じられる。そして、恐怖が消える頃には記憶はおろか、言葉や日常生活に必要な知識すら残らない生ける屍となる。

ターコイズの顔から表情が完全に失われ、髪は白髪になり、口からは涎が垂れ続けている。それを見てデモリリは彼を解放する。

「しっかりかかったみたい。さぁ、後の調教はそっちでやってね」

ニッコリとデモリリに笑いかけるヴァルチェ。脳への耐えきれない負荷は記憶の喪失を引き起こす。ドナやショウの正体はおろか、言葉や食事の仕方も忘れた抜け殻が床に転がっている。

「こんなに壊してぇ……本当にグレイス使えるまでに戻れるんですか？」

ヴァルハラは保安隊と密約を結び、ターコイズの身柄を保安隊に引き渡すよう事を運んでいた。【念写】のグレイスは犯罪捜査や自供の誘導に役立つ。保安隊上層部とヴァルチェの両方から指名されてリリスはこの現場に派遣されている。

「それを考えるのはあなたたちの仕事でしょう。私の仕事はこの街の殿方を幸せにしてあげることだもの」

スッキリした顔でそう嘯くヴァルチェの胸の内には、天命の遂行以外に私怨があったことは明らかだった。だが、そんなことをわざわざ口に出すほどデモリリは怖いもの知らずではない。血と肉が詰まった皮袋のように生気のないターコイズを乱暴に担ぎ上げる。

（こんなのを利用しようだなんて保安隊も清濁併せ呑みすぎだってば。あーあ、転職しようかなあ。それよりもダーリンが生きている間は主婦にでもなろうかな？　あ、名案かも！）

こうして、ターコイズの野望は完全に潰えた。抜け殻となった彼が再教育を受けて、言われるがままに念写のグレイスを使うだけの道具になるのはもうしばらく先のことである。

◇　◆　◇　◆　◇

ミイス・フォト・グランプリの締め切りまで一週間と迫ったその日、アーニャはダバーンに呼ばれて巨人族の居住区、巨人街を訪れていた。大きい者は只人の十倍の背丈がある彼らの住む街のスケール感はとてつもなく、目的地である大理石のサロンはもはや巨城の域だった。

「アーニャ！　よく来てくれた！」

十メートルはある巨大な扉を開けてダバーンが出迎える。

「す、凄く大きな建物ですね……遠くからでも分かりましたよ」

「本国にはこの百倍はあるお城や庭があるよ。さあ、どうぞ」

と言って、アーニャの前に跪いて肩に乗るように促す。

「べ、別に自分の足で歩きますから」

「他種族の体格だと階段を上れなかったりするから。どうぞ」

アーニャの身体能力なら多少の高さなら飛び跳ねて移動できる。しかし、あえてダバーンの肩を借りることにした。

「行くぜ」

「わっ……」

ダバーンの肩に腰をかけたアーニャが小さく声を上げる。普段とまるで違う景色の見え方に感銘を受けた。

「凄いですねえ。これがダバーンさんが普段見ている光景なんですね」

「僕はかなり小柄だけどな。二十メートル級の方がいたら乗ってみるか？」

「いえ……ダバーンさんの肩が、座り心地良さそうなので」

そう言ってその肩に深く座り込んで身を委ねる。アーニャはダバーンに少なからず好意を抱いていた。写真に対する真っ直ぐな姿勢や、ふと見せる少年のように純朴な笑顔。体格が違いすぎて恋愛対象には見ていないが、一緒にいてこれほど居心地の良い異性はいないと感じている。

「着いたよ、っと」

ダバーンは巨大な扉を両手で押し開く。

天井がドーム状のホールに辿り着いた。十メートル近い巨人族が集まっていてもスムーズに行き来できるほど広大な空間である。

「わ……あ……」

岸壁のように高く聳える壁にはダバーンが撮影した写真が飾られている。『美しすぎるミイスの女たち』をテーマに撮影されたそれらの写真は拡大されていて、被写体の女性の背丈は十メートル以上にもなっていた。その中にはシルキやメーヴェやヴァルチェなど、アーニャの近しい人も沢山いた。目をキラキラさせているアーニャにダバーンは語りかける。

「巨人族は他種族を『小さき民』と呼んでる。決して差別的な意味ではないのだけれど、高いところから見下ろすしかできない僕達にとって他種族の顔貌や表情はなかなか見辛いのさ。そのことが巨人族と他種族の心の壁の一つになってると思ったんだ」

「だから……こうやって大きく写真を引き伸ばすことで、巨人族の人にも他種族の人の顔が見えるように……」

さすが、とダバーンは機嫌良く微笑んだ。

「ミイス・フォト・グランプリの賞金が出たらこの写真を世界中の同胞に見てもらえるように

したい。体の大きさや細かい形は違えど同じ人間だということを意識してもらう。それが、僕の夢なんだ」

夢を語る男の横顔に惹かれる。ありがちな恋のきっかけだとアーニャは自嘲する。でも、そんなありがちなもので良いじゃないか、とも思えた。

その横顔に触れたい気持ちが溢れて、アーニャは彼の頬に手を伸ばした。しかし――

「アンタアアアアアッ!! 何、よその女を肩に乗せてるんだぁっ！」

ダバーンの足元から逆さに雷が落ちるような怒声がした。アーニャとダバーンがビックリして下を見ると、そこには駿馬族の女性が険しい顔をして立っていて、思い切りダバーンの脛に蹴りを入れた。痛みにうずくまるダバーンと慌てて飛び降りるアーニャ。駿馬族の女性はアーニャに詰め寄って怒鳴りつける。

「人の亭主の肩にお尻擦り付けてるんじゃないわよ！　この泥棒ネコ！」

「どっ……ダバーンさん!?　結婚してたんですか!?」

ダバーンはうずくまりながら苦しそうに頷く。アーニャの反応に彼の妻は舌打ちしながらも、分かっててやったことじゃないと察して怒りの矛先を夫だけに向ける。

「私というものがありながら！　いっつもいっつも！」

「ご、ゴメン！　だ、だけどタネを授けてるわけじゃないから大目に見てくれよ……」

「見れないわよ！　お義父さんが『小さき人はノーカン』と言ってあちこちに子供作りまくってお義母さんが泣かされた話聞かされちゃあね！」

自分の何倍も大きな男をどやしつける妻の凄まじさに周囲の人は呆気に取られていた。

なお、アーニャは心が天から地に叩きつけられたような気分でその場に凍りついていた。

◇　◆　◇　◆　◇

「巨人族と他種族がどうやって子を作るかって？　まあ、女が巨人ならサイズが合わないなりに頑張れば良いし、男が巨人なら………鮭の卵がどうやって孵るか知ってる？」

「知ったことじゃねえ！　ですよ!!」

ダバーンの写真展から帰ってきたアーニャは、酒場にいるショウを摑まえて愚痴り酒に付き合わせていた。なお、ショウが一方的に愚痴られるわけがなく、悪酔いしてきたアーニャにセクハラの限りを尽くしていた。

「巨人族って妙にモテるのよねえ。デカいくせに優しいとか、頼り甲斐があるとかで……そのせいか個体数少ないくせに巨人族の種は至る所にばら撒かれているのよね。時々やたら体格のいい鬼人族(オーガス)とか怪力の只人(ヒューマン)とかいるでしょ。ああいうのは大抵、何代か前に巨人族(ギガース)と交じったりしてるのよ。まっ、私の理想の身長は百七十八センチ~百九十センチだから興味ないわ。ところで興味ないけどショウさんって何センチ？」

「俺か？　ヘッヘッヘッ、俺の自慢の相棒は驚きの二十――――」

「だあああああああ！　うっさいうっさいうっさい！　なんでメーヴェさん、しれっと混ざってくるんですか!?」

酒場の外まで響いていたアーニャの喚(わめ)き声(ごえ)を聴いて、仕事終わりのメーヴェも参戦してきたのだ。彼女が気ままな人間であることは承知しているアーニャだったが、ショウと打ち解けているとは思いもよらなかった。その理由がショウの口から語られる。

「写真の加工方法はいろいろあるが、一番加工がバレにくいのが光学魔術を使ったやり方だったんだよ。ただこの光学魔術ってのは燃費が悪くてな。俺の計画では膨大な量を作らなきゃいけなかったが、そのためには相当な人手が必要になっちまう。秘密裏にことを進めるなら少人数がいい。そこで教養高く美しい上級長耳族(ハイエルフ)の出番だ」

「ショウさんがばら撒(ま)いた加工写真のほとんどを私が作ったのよ！」

堂々と胸を張って自慢するメーヴェだったが、アーニャは思わず口を挟む。

「ちょっと待って……メーヴェさん、自分の写真で世界中から求婚者を募るって」

「そのつもりだったんだけど、あんなに簡単に加工できちゃうなんて分かったらね。娼館(しょうかん)の

見目の悪い女達を加工してて思ったのよ。これじゃ天然美人の価値が下がる、って。だからショウさんの悪だくみに乗ったの。それにこの私の美しさを写真ごときで知った気になるなんて思い上がりも甚だしいんじゃなくて⁉」

思い上がりはあなたも大概です、という言葉は口の中で噛み砕いて呑み込んでからアーニャはテーブルに突っ伏した。

「もう写真なんてコリゴリ！」

そんな彼女を見て二人は笑った。

「そういうお前だって虫ケラのコンテストに群がる一人じゃねえか。いいのか？　セカンドネーム欲しいんじゃないの？」

「いいですよ……どうせダバーンさんの作品には勝てないですから」

ダバーンという男を軽蔑してはいるが、彼の作品に魅了されたのは事実だ。果てしなくて広大な空間に巨大な壁画のような写真が並んでいる光景は荘厳で、巨大に加工されたミイスの美女達は女神のように神秘的な美しさを放っていた。

一方、アーニャとエメラダの結婚情報誌は、バリエーション豊かな写真をエメラダの軽妙な文章が彩っていて、読んでいて飽きない良い出来の雑誌になっている。ただ、それだけだ。

「なんだか普通なんですよね。披露会でエルザさんの写真を見た時とかダバーンさんの写真を見た時とか……ある意味、ショウさんとエメラダさんが……ゴニョゴニョ……してる写真を見た時には胸が奥からドンって突き上げられるような衝撃があったんですよね。それが写真の持つ力なら、それを活かせてないのかなあと」

「なるほど。だがまあ、所詮オモチャの遊び方コンテスト。セカンドネームが欲しいなら、別の手を考えな」

酔っている割に冷静な分析をしているアーニャに、ショウは感心しながらその頭をポンポンと撫でた。

「そう言えばバンじいがまた感謝してくれたぜ。店の盛況が続いてるってさ」

ショウの話のフリにメーヴェは首を傾げる。

「え？　あのブサイクばかりの娼館が？　写真が加工できることが広まっちゃったからバレちゃったと思ったんだけど」

「バレてはいるんだよ。他の娼館や接待酒場でも加工された写真が使われて、そのせいで客からの苦情が増えてるみたいでな。この辺りの盛り場を仕切ってる連中が加工した写真にはその旨を明記すること、ってお触れを出してるんだ。で、バンじいも注意書きをしたんだけどほとんど客足が落ちなかったんだと」

「どうして？」

「男は娼館に夢を見にきてるからだよ。そんなわけない、と分かっていながらも薄暗い褥に絶世の美女がいると思えば、大金叩いてでも飛び込みたくなるってもんだ。バンじいの店は元々躾は行き届いていたからな。夢を邪魔しない程度に良いサービスを提供した結果だよ」

ショウの会話にメーヴェは納得いったように深くうなずく。ちょうどその時、ガタン！　と勢い良くアーニャが席から立ち上がった。

「なんだ？」

「ど、どうしたの⁉」

立ったまま硬直しているアーニャに戸惑う二人。だが、次の瞬間、アーニャは酔いから醒めた顔をして、

「ひらめいたっ！」

と声を上げた。

◇◆◇◆◇

「結婚情報誌に足りなかった最後のピースを埋める」

そう宣言したアーニャは持てる人脈を駆使し、各所にお願いに回り、その準備を整えた。

場所は巨人街の空き家の一室。彼らからすればようやく横になってゴロゴロできて、立ち上がっても天井にぶつからない程度の手狭な部屋だが、他種族からすれば広大なホールだ。しか

もおあつらえ向きに壁も床も真っ白に塗り固められていて撮影スタジオにはもってこいだ。

アーニャに集められたのはマリーハウスで出会ったカップル達。既婚の者も、これから結婚するつもりの者もいる。

「アーニャさん……灯りのセッティングできました……」

ダバーンがせっせと準備をしている。彼女の妻がお目付け役として来ているため、普段の屈託のなさは押し殺している。


「アレがアーニャちゃんが惚れてた巨人族かぁ……もうちょっと良いのいたでしょ」

「うーん、男は顔じゃないとは思うけど、あの顔で女たらしなのはいただけないかもぉ」

「分かる。自分だけを見てくれないと恋人なんかなれないよね」

「看板ネコ娘も自分の恋は素人かぁ」

そう言って笑っているのはスカーレットとデモリリだ。今日が初対面だが、ここまでの道中でも馬が合ったようで仲良く交流していた。彼女達のパートナーも、

「いやはは……写真のモデルなんて私には荷が重すぎますよ」

「心配すんなって、俺もだよ。特にタキシードなんてさ。あんなもん似合うのは金持ちだけだって。俺らにゃ無理無理」

と、定職に就かないグエンが金持ちの実業家であるダイモンに同意を求めようとして苦笑い

している。

「ハハハ、まあ……似合うのは彼みたいな色男でしょうね」

ダイモンの視線の先にいるのは人狼族（ワーウルフ）のケルガだ。ネクタイが締められず、パートナーのエンリリにやってもらっている。それでもダイモンが言う通り、手足が長く、端整な顔立ちをしたケルガの礼服姿は華麗だった。

「ダーリンの方がカワイイって！」

デモリリがダイモンにおぶさるように抱きつく。カクテルドレスの裾がフワリと揺れて、彼女の膝下が露（あら）わになるのをついグエンは目で追ってしまう。スカーレットは無言で脳天に拳をお見舞いした。

そんな様子を少し離れたところから見守っているのはピコーとエリシアだ。

「とってもにぎやかねぇ」

「うん、エリシアも話してくると良（い）い。家で母さんの相手してばかりだから気晴らしになるんじゃないか」

「フフ、気晴らしなんて必要ないわ。お喋（しゃべ）りするなら一緒に行きましょう」

エリシアはピコーの腕を自分の柔らかな胸の谷間に挟むようにして抱きつき、人の輪の方に連れて行った。

様々な異種族カップルが集まり、談笑している光景は、十年前までこれらの種族が戦争を繰り広げていたとは想像もできないくらい平和だ。

ドナはその光景を目に焼き付け、幸せそうに微笑むと、撮影準備を進めるアーニャに声をかける。

「仲良く交流するのは良いことだが、あの調子で大丈夫なのか？」

するとアーニャは自信満々に、

「大丈夫です。むしろ、もっと盛り上がって欲しいですね。あ、私の悪口は抑えめで」

と笑って、自身のカメラを手に取って談笑しているカップル達に向かってシャッターを切った。

「何を撮ろうとしているんだ？　見目の良い者ばかりではないし、こんな何もないところでは見栄えも」

「顔は加工しませんけど、背景は合成します。逆にものがない方がやり易いってメーヴェさん言ってましたし。アルムの高原とか、ヒュートルクの銀色の浜とか、世界中の美しい風景の写真を使わせてもらう予定です」

アーニャの言葉にドナは首を傾げる。

「写真を合成して騙すのか？　世間的に印象悪いぞ。ミイス市民は自分達が踊らされたのは写真の捏造のせいだと思っているんだ。わざわざ刺激しなくても」

「騙すつもりはありません。夢を見させたいだけです」

キッパリと言葉を返し、目をパチクリさせるドナに自分の想いを語り始めた。

「写真は嘘をつく、なんてフレーズが巷では流行ってるらしいですね。確かにそうなんでしょうけど、それって悪いことだけじゃないと思うんですよ。結婚情報誌を作ると決めてから、私はどうしても正しい情報を、ためになることを伝えなきゃ、って思い込んで記事を作ってたんですけど、それだけじゃ足りないんですよね」

アーニャは清々しい表情をしていた。自分を信じている人間の顔だ。それが成長の証のように見えてドナは思わず笑みをこぼす。

「ほう。その足りないものとは？」

「嘘みたいに美しいものや楽しいもの」

微笑み返し、アーニャは言い切った。

「人間は夢を見ようとする生き物。結婚にだって夢を見てるんです。写真では心の内は写せません。でも、嘘がつけるからこそ、嘘みたいに美しいもの、楽しいものも見せられると思うんです。そんな写真を見ながら、結婚のことを考えたら……自分も結婚したい、って夢を見れるようになるんじゃないかって」

なるほどな、と答えてドナはくるりと背を向けた。否定的な意味ではない。むしろその逆だった。一年前、恋愛の言葉の意味すら知らなかった少女が、自分なりに思想を持ってそれを表現しようとしている。その成長に顔がほころんでしまい、それを見られるのが恥ずかしいのだ。

「と、いうわけで所長も着替えてくださいね」

アーニャがドナの両肩を摑んで言った。予想外のことに驚き、

「へっ?」

と間の抜けた声を漏らした。

「一番の綺麗どころが写らないわけにはいかないでしょう。ドレスだって用意済みです」

バッ！　とアーニャが取り出したのは純白の豪奢なウエディングドレスだった。ドナはタジタジと後ろに退がりながら拒む。

「そ、そんな派手なドレス着れるわけないだろう！」

「大丈夫。所長はド派手な美人さんですから！」

「いやいやいや……サイズが合わんだろ？　こんなドレス、ピタリと合わなければ不格好で」

「それも大丈夫。所長が普段お召しのドレスを作っている工房ですから所長のサイズを熟知されてます。あまりに完璧な体型過ぎてマネキン作りにも使われているそうですね」

「初耳だぞ!?　勝手に何をして――ってとにかくダメだ！　私は着ないし、写真も撮られん！　ショウ！　お前からも何か言ってくれ！」

ショウに助けを求めるドナだったが、

「減るもんじゃねえし、イイじゃん。撮ってもらえよ」

と突き放されてしまう。ドレスを持って迫るアーニャ。無理矢理にでも着せようと目をギラつかせているのを見て、ドナは、

「私は絶対に写らないからな！」

と叫んで、別室に逃げ込んでしまった。

別室の隅に座り込んだドナだったが、巨人族(ギガース)の家の家具は大きな造りのため隠れるのに不向きだ。あっさりショウに見つかってしまう。

「写真一枚くらい撮らせてやれよ。マリーハウス発の結婚情報誌に所長の姿がないんじゃ締まらないだろ」

「それは……そうとも言えるが、あんなことがあったばかりだぞ。私の顔が出れば、デモネラだと気づく者が出て大変なことに」

「大丈夫だって。ここだけの話、魔王軍残党の神輿(みこし)になってるデモネラもどきは世界中にいる

らしいぜ。当然、そんな人心を惑わすデマなんて各国の治安機関が許すわけねえから拡散されねえし、知られても与太話程度にしかならねえ。ミイスに住んでるそっくりさんなんか誰も相手にしねえよ。それにさ」

ショウは掌に収まる大きさの手鏡をドナに渡す。続いて、一枚の写真を突き付けた。

「あのカスゴミのグレイスをコピーした時に写した記憶だ。デモネラってこんな顔してたんだよ」

そこに写っているのはデモネラ――過去のドナ自身だ。だが、ドナはとんでもない違和感を覚えた。

「私は……こんな顔をしていたのか？」

写真の中のデモネラは、目がギラギラと憎悪と憤怒に満ち、頬はやつれ、口元は不満と悔しさが漏れるように歪んでいた。顔立ちはあまり変わっていないのだが、デモネラは絶世の美女ではあるが印象が悪く、人に好かれる顔ではない。

それに引き換え、鏡に映る今の自分は……

「これを見比べても同一人物とは思えねえよ。孤高の女神でも、邪悪な魔王でもない。ドナ・マリーロードはマリーハウスの所長。ただのミイス市民だ」

年月は流れている。何も知らない仔ネコが押しも押されもせぬ看板ネコ娘となったように。元人類王と元魔王が思いつきで始めた仕事が街の未来を支える大事業になったように。デモネラの罪は消えなくとも、その記憶は川底の石ころのように流されて削れて薄れていく。

ショウは座り込んだドナに手を差し伸べる。

「万が一、正体がバレるようなことになっても俺がどうにかしてやる。堂々と生きろ」

その言葉を聞いて、ドナは昔の記憶を思い出す。

●○●○●

その日、デモネラは初めて家を飛び出し、ミイスの街に出た。

ショウの使いを名乗る男が「治癒魔術を使える奴がほしいから来させろ、って」と玄関の扉の向こうからデモネラを呼び出したからだ。

ショウがケガをしたのかもしれないと思って着の身着のまま外へと飛び出した。

辿り着いたのは娼館の離れにある部屋だった。臨月の妊婦が分娩中で布団に横たわっており、ショウがそばにいた。話を聞けば、妊婦はこの娼館の元娼婦で、身請け先から追い出された後に妊娠が発覚し、藁にもすがるような思いで助けを求め居候させてもらっていたのだという。そんな彼女が産気づいたが、誰も出産のことなど分からなくて、唯一お産に立ち会ったことがあるショウが世話をすることになったという。

だがあまりに難産で、二日目の夜を迎えた今になっても子供が出きっていない。

「……なあ、お前治癒魔術使えたよな。かけてやってくれるか？」

「私が？　お前のグレイスなら」

「それじゃ発動条件が崩れるんだよ！　頼む」

ショウに言われてドナは妊婦に治癒魔術をかけた。戦闘中の傷の治療とは異なり、開いた骨盤を戻したりしてはならず体力だけ回復させる精密な魔力操作が必要だ。しかし、デモネラにとっては容易いことだった。

それから数時間後、分娩は終了し、どうにか母子共に無事だった。

ショウとデモネラは屋根裏部屋の窓から屋根に移り、明け方の街を見下ろした。

「世を捨てた男でも人助けなんてするんだな」

「妊婦を見殺しにできるほど壊れちゃいねえよ。お前の方こそ案外素直に協力してきたな」

「私だって…………そうだな。今更まともぶるのも狡いか」

他人を救うことで救われた気持ちになったことをドナは恥じた。自分が奪った命の億分の一に過ぎないのに、と。するとショウはドナの頭を撫でた。

「なんだこれは？」

「子どもが頑張った時はこうやって褒めてやらないとな」

「子ども扱いするな、私は――」

デモネラは言葉に詰まった。亜神族でもない魔王でもない。ここにいる自分は十五にもならない子どもに過ぎないことに気づいた。

（そうか、だったらこの手が心地よいことも当たり前のことなんだ）

ショウになされるがまま、その頭を撫でさせた。

「ようやく引きこもりから脱出か？」

「おかげさまでな。バカバカしい。世界中の誰もが私を知っているなんて、とんだ自意識過剰だった」

髪を掻き上げるドナをショウはタバコをふかしながら笑った。

「だが、デモネラという名前はいいかげんまずいな。人前で呼ぶなら……」

と、数秒考えて、

「『ドナ』とでも名乗るか？　シンプルで良い」

と提案してきた。すると彼女はため息をつく。

「長耳族のようなことを言うつもりはないが、これから何百年も付き合う名前をそんな簡単に――いや……」

何百年もこの罪深い命で生きるつもりなのか、と自嘲した。だがショウは、

「簡単だから良いんだよ。ドナ、ドナ、ドナ。気軽に呼びやすい名前が良いんだ。俺だって今

の名前の方がベッドの上でしっくりくる。甘えるようにショウ、ショウ、ってな」

と笑い飛ばした。

「新しい名前で堂々と生きろ。何か商売とかを始めても良い。新しいこの街なら何をやっても儲かりそうだ」

「さすがにそんな目立つようなことは……正体がバレたりしたらお前だって」

「その時は俺がどうにかしてやるよ。心配するな」

デモネラ――いや、ドナはその時に見たショウの笑顔を一生忘れることはないだろう。

彼女が知らなかった感情が生まれた瞬間だからだ。

●○●○●

「お前に任せておけば、実際どうにかなったな」

苦笑しながら、ドナはショウの手を取った。

「そこ！　お二人は蒼天鏡に座り込んでいます！　上も下も空に挟まれたスッゴイ場所なんで

すよ！　もっと清々しい感じで！」

アーニャが背中合わせに座るケルガとエンリリに声を上げる。撮影が進むにつれて熱が入っていくアーニャの指示に、カップルたちの疲労はどんどん濃くなっていく。

大の字に横たわるグエンは、椅子に腰掛けるスカーレットにボヤく。

「も、モデルって突っ立っているだけの仕事と思ってたけど……妙に疲れるな……モデルの仕事も向いてないな」

「アンタに務まるわけないでしょ……私も広報がてらいろんな服着たりして表に出たけど、やっぱり美を仕事にできる人とは雲泥の差だったよ。ああいうのはホント一握りの美人がやるべき………」

スカーレットはその姿を見て息を呑んだ。どうした、と彼女の視線の先に目を向けたグエンは電撃が走ったように跳ね起きた。

ドナが純白のウエディングドレスを纏って撮影部屋に現れた。その場にいる誰もが彼女に見惚れて動きを止めていた。

「どうした？　休憩時間にしても静かすぎるぞ」

普段の黒いドレスはドナの美しい肢体を引き締め、炎のような赤髪を映えさせる。彼女と一緒に生まれてきた影のように馴染んで似合っていた。だが、今纏っている純白のドレスはドナを輝かせる光だった。長身で細身のシルエットを際立たせ、露わになった背中と胸元には色香の甘い匂いが目で見えるかのようだ。

「所長……美しすぎます」

「呆けてないでさっさと撮れ。私はどこにいるんだ？　一万年燃え続けているギラス山の火口か？　山羊ですら滑落するシャディアバレーの岸壁か？」

「そ、そんな殺風景なところでは……ええと……」

アーニャは何も思い浮かばなかった。ついさっきまでドナの写真の背景に合成する風景のイメージはあったのだが、突風に吹き飛ばされたかのようにイメージは彼方に消えていた。

「やれやれ、締まらないな。お前が着ろと言ったから着てやったんだ。それとも期待はずれだったか？」

「そ、そんなことあるわけないですよっ！　むしろ期待以上過ぎて頭が追いつかないんです。うわー……」

その場にへたり込むアーニャに合わせてドナも腰を下ろす。

「頑張れ。これはお前にしかできない仕事だ」

「そんなこと……別に私は絵を描けるわけでもないし、美術に造詣もないんですから。こんなことならもっと腕のいいカメラマンを雇っておけば」

「アーニャ、よーく聴くんだ」

ドナはアーニャの頬を両手で挟んで語りかける。

「お前はすごく素敵なことをやっているんだ。誰かに教えられたわけでもなく。ターコイズが人を傷つけ貶めるために使ったせいで写真は穢れた悪になった。それをのさばらせるわけにはいかないから、ショウは写真が真実を写すという価値観を破壊してその力を奪った。だが、それが限界だった。アイツですら、写真という利器を玩具に堕とすことでしか解決できなかったんだ。なのにお前は、堕ちた写真を拾い上げて価値を新たに与えようとしている。きっと世界を再生するというのはそういうことなんだろう。古い時代の人間が汚したり壊したり恐れたりしたものでも、新しい世代のお前たちは使えるようになって、より良い世界を目指して歩み続けるんだ。それが見られるなんて、生きていて良かったと心から思うよ」

その言葉は亜神デモネラの遺言のようでもあった。平和を求め、悪を為し、世界を壊しかけた罪深い魔王は、自分の野望が潰えた世界で希望の光に照らされている。

「所長が仰ることは難しくて、全部は分かりかねますが……でも！　褒めていただいているんだし、全身全霊で撮ります！」

ピン！　と背筋を伸ばしてアーニャは立ち上がりカメラを構えた。

（別に背景なんてなくたっていい。後ろが真っ白でも所長が写ってるだけで綺麗で胸がワクワクする）

自分の目に映るものを、得た感情をそのまま届けられるように丁寧に一回一回シャッターを切るアーニャ。

「うーん、できれば相手役の人が欲しいな」

「なんだ、用意してなかったのかよ。準備不足だぜ」

アーニャの昂りにショウが水を差す。ピクピクとこめかみを震わせながらも、無視してケルガに目を向ける。

「ケルガさん！　入ってください！　所長と腕を組む感じで！」

と、声をかけると、ケルガは足を弾ませてやってきた。それを羨ましそうに見つめるグエンと、不機嫌そうに睨むエンリリ。

「俺の腕で良ければ何本でも、さあどうぞ！」

ケルガは調子に乗ってドナに腕を差し出した。しかし、

「結婚相談所のスタッフが相談者の腕を抱いては示しがつかん。だから、お前が代われ」

とドナは言うなり、顎でショウを指した。その場にいる全員が「エエ――――ッ!?」と声を上げる。

「ダ、ダメですよ！　所長！　こんな薄汚い人をそばに置いたら汚れます！」

「お前さ、俺のことなら何言っても許されると思ってない？」

アーニャの暴言にショウがボヤく。ドナはくっくっ、と笑った。

「私が一肌脱いだんだ。お前も責任とってくれ」

蠱惑的な笑みをショウに向けるドナ。それを見た瞬間、その場にいる全員が否が応でもドナのショウに対する特別な感情を察せずにはいられなかった。

「チッ……まあ、いいや。貸せ、イケメン犬」

悪態を吐きながらケルガからジャケットを奪って羽織る。すると意外にもあつらえたかのようにピッタリだった。

「ケルガさんとほぼ体型一緒とか……本当に素材の無駄遣い」

「聞こえてんぞ。浮気相手にされかけた美少女（笑）ネコ娘」

「えげつないあだ名つけないでくれますかねえっ！　もう！　無精髭だしシャツやズボンはヨレヨレだし写せるところほとんどないじゃないですか！　ええと」

どこから直そうか決めあぐねてアーニャが頭を掻いているとドナがパチンと指を鳴らした。

するとショウの髪留めの紐が解け、同時にボサボサの髪が艶やかに濡れた。

「これで後ろ姿くらいならサマになるだろう」

声を弾ませてドナはショウの腕に抱きついた。ショウは大きくため息を吐いて言う。

「結婚相談所の所長が部下に色目使うのはどうなんだ？」

ドナはふふっ、と上機嫌で笑う。

「お前は共同経営者だから問題ない。死ぬまで私とお前は離れられない関係なのさ」

腕に抱きつきながら手の指をショウの指に絡(から)ませた。

◇　◆　◇　◆　◇

カメラの披露会が開かれたのと同じホールでミイス・フォト・グランプリの発表が行われている。プレゼンターのハルマンは高らかに優勝者の名を読み上げる。

「優勝者は……写真をふんだんに使った子ども向け教材を作った天使族(エンジェル)のアルビオン！　おめでとう！」

会場からは惜しみない拍手が贈られた――――が、

「なんで私じゃないんですかー！　あんなに頑張ったのにっ！」

アーニャの嘆く声が響いて会場がドッと盛り上がった。ハルマンはニッコリと微笑(ほほえ)み、

「マリーハウスは自前で雑誌でもなんでも出せるだろう。支援の必要がない」

キッパリとそう言った。

「そんなこと言って！　どうせショウさんと所長が腕組んでるのが気に食わなかっただけじゃないですか⁉」

「分かってるじゃないか。これからは被写体（モデル）に選ぶ相手を考えた方がいいぞ」

「キ――――ッッ！」

道化扱いされるアーニャだったが、内心ハルマンは『マリーマガジン』を気に入っていた。写真の信用を損なった加工技術を表現方法と割り切って作られたその誌面は見る者に衝撃を与え、心を掴（つか）むだろうと予想している。

するとと今度はダバーンがおずおずと手を挙げる。

「あの――……ハルマンさん。僕の写真展は？　結構自信あったんですけど」

「女癖の悪い芸術家に入れ込むのはもう懲り懲りだ」

ため息混じりのハルマンの返答に、会場中から「あぁ……」と納得の声が漏れた。

エピローグ

長身の新郎に寄り添うように腕を組む新婦の表紙。ショウの顔は後ろ姿なので見えないが、おかげでドナの微笑が際立つ。

『タイプじゃない人と出会って、新しい自分が恋をする』

マリーハウスで出逢い結ばれた二組のカップルの体験談の後に挟まれるグラビア。

メメントの大森林の中にある湖畔にて、空から降りてくるデモリリを抱き止めようと腕を広げるダイモン。

炎のように赤い夕焼けの中、ダイモンの背中に抱きつくデモリリ。

凜々しい表情で馬に跨がり、デモリリを抱き抱えるダイモン。

続いてエンリリとケルガ。

蒼天鏡と呼ばれる空を映す鏡のような湖の上に背中合わせに座る二人。

月光に照らされたシルバーコーストの銀色の砂浜を歩く二人。

桜色の雨が降る街で濡れそぼるエンリリをケルガが後ろから暖めるように抱きしめる。

『お姑さんと上手くやるための七つのルール』

厳しい表情をしたマリーンにあれやこれやと文句を言われるエリシア。だがエリシアは笑顔で彼女の期待に応えていき、最終的には二人で仲良く紅茶とお菓子を楽しんでいる。その様子をピコーが嬉しそうに眺めている。

そして始まるピコーとエリシアのグラビアページ。

サビート高原を走る馬車に乗る二人は窓から身を乗り出している。

エルドラン宮殿のダンスパーティで不慣れな踊りにお互い笑い合う。

降り積もる雪に綺麗と見惚れているエリシアの表情を見つめて顔を赤らめるピコー。

それら以外にも、マリーハウスにまつわる記事や幻想的で目を引くグラビアが続く。

最後を締め括ったのはグエンとスカーレットだ。

「結婚する前とした今、何が変わった?」

という問いに二人は揃って、

「もっと好きになった」

と答えている。

彼らのグラビアは過去の再現をテーマに構成されている。

マリーハウスに登録して、フラれたり、フッたり。そしてついに出逢う。のっけからスカーレットの脚に心を奪われて「今まで見た中で一番素敵な脚だ」と漏らしてしまい、アーニャに首根っこを摑まれるシーンや、自慢の脚を褒められて満更でもないスカーレットの表情が再現されている。

デート、プロポーズを経て、結婚式。そして、大きくなったスカーレットのお腹にグエンが耳を当てている写真で締め括っている。

パタン、と『マリーマガジン』を閉じたエメラダ。彼女は今、ミイスの街から外界に向かう乗り合い馬車の客車にいる。軍用に改造された巨大な馬が二十人が乗る客車をどんどん引っ張っていく。

「また読み返していたのかい？」

グリムがエメラダに声をかけると、エメラダはクスクスと笑みをこぼす。

「とても素敵な本だから。完成まで出立を待った甲斐があったわねえ。これを読めばマリーハウスで過ごした日々を忘れるようなことはないわ。百年、二百年経ってもね」

最後のページには大判の集合写真が挟まっている。エメラダとグリムに関係のある人々が集まって盛大なパーティが行われた時に撮った写真だ。

「さすがに紙が保たないんじゃない？」

「だったらそれまでにミイスにまた来ましょう！」

と声を上げた。すると「チッ！」と大きな舌打ちが隣の席から聞こえた。そこに座っているのは目深にフードを被った男女。舌打ちしたのは女の方だったらしく、男が必死で宥めていた。

エメラダはそっと近づくと、

「あなたたちも新婚？」

と尋ねる。すると、男の方が口ごもりながら答える。

「俺と……彼女は……まだだけど、いずれはと思っている」

その言葉にピクリと反応した女が男の顔を覗(のぞ)きこむように見つめている。

「あらあら、野暮なこと聞いちゃったかしら」

と微笑するエメラダ。たしかに彼女はかなりデリケートな問題に触れてしまった。

このフードを被(かぶ)った男女はキャメロンとエルザだ。『インサイダー』が廃刊となり、彼らの記事を世間が忘れても、彼らの失ったモノの多くは取り戻せず、逃げるようにミイスから脱出した。

「そこそこ大きな街に行け。お前達の才能なら舞台があればどこでも食っていける」

とハルマンから路銀を預かったが、見送る者は誰もいなかった。

「二人でいるなら笑った方がいいわよ」

エメラダは自分の口角を指で押し上げるジェスチャーをする。

「そんなボロボロになっても一緒にいようと思えるくらいなんだから本当に好きなんでしょう。好きな人といるのなら笑わなきゃ。愛があれば貧しくても幸せになれるけど、裕福でも愛が無ければ幸せにはなれないのよ。つまり、あなたの隣の人は金塊よりも価値のある財産なんだから」

お節介とも取れるエメラダのアドバイスだが、まるで最初から二人の紆余曲折を見てきたかのような的確なもので、キャメロンとエルザの胸に深く染み込んだ。

「ありがとう、ございます。おかげで……また劇の脚本が書けるような気になってきたよ」

「まあ！　あなた舞台をやっているの⁉　私も舞台が好きでねぇ」

世界中の様々な種族が集まるミイスの街。その街から出ていくものもいる。だが、それは必ずしも悪い意味だけでなく、別の土地に移り住み新たに家族を増やしていくのも人の在り方である。

彼らのラブストーリーはまだまだ続く。

『マリーマガジン』が発行された。

初版は五百部。どのくらい売れるか分からないので控えめな発行部数だったが発売初日に完売し、即増刷の運びとなった。

刷っても刷っても飛ぶように売れて、まるでお金を刷っているようなものだった、というのはドナの感想だ。そして、今彼女の前で繰り広げられている光景は――

「申し訳ございません！　新規の相談者の方は一ヶ月待ちとなります！」

「デート用のプレゼント販売サービスはご注文が殺到しているため停止しています！　直接お店に買いに行ってください！」

「ああああ――――っ！　丸一ヶ月休み無しで働いている私にっ！　クソ舐めたクレームつけてんじゃねえええええ！」

　修羅場だった。『マリーマガジン』が売れるにつれて、ミイス市内では結婚の機運が高まった。が、それに対応できる結婚相談所の数は限られており、特にマリーハウスに殺到したため、相談者が爆増したのだ。

「まさかここまで反響があるとは……アーニャ、頑張りすぎだ」

「私だってこんなことになっちゃうなんて思いませんでしたよ！　エメラダさんもいないのに！　新しく誰か雇ってくださいよ！」

　ボロボロのアーニャがドナに懇願する。もちろんドナも人材不足は解決すべき課題と認識している。求人を出し、応募者も多いがドナの眼鏡に適う人間はいなかった。

「もう少し待ってくれ。当面は私も相談室に入るから」

「おおー！　美人所長自ら相談とは働くねえ！　世話しすぎて客を惚れさせるなよ！」

　と笑うショウは喧騒などどこ吹く風でスキットルに口をつけている。当然、アーニャは噛みつき、ドナは呆れる。慌ただしくも楽しいマリーハウスの日常がここにある。

十七種族が暮らすこの街に、かつて世界の命運をかけて戦った二人の王が降り立ち、結婚相談所を開いた。

それまでの結婚の常識をひっくり返すような異種族結婚と恋愛結婚は、大きなうねりを巻き起こしながらも、新しい時代を生きる者達に受け入れられ、種族間で争い合った歴史を塗り替えるかのように拡がっていく。

今日も新たな相談者がマリーハウスの前に行列を成している。

クセが強く、相談に乗る秘書係を悩ませる者もいる。

ワケありで、とんでもないトラブルを巻き起こす者もいる。

それでもマリーハウスの看板ネコ娘は笑顔と愛嬌を振り撒き、相談者を出迎える。

「マリーハウスへようこそ！　秘書係のアーニャです！」

この場所で始まるラブストーリーが永遠に変わることを願って。

おわり

あとがき

物語はフィクションですから、作中の登場人物がどんな偏った思想持っていようが「作者の思想とは一切関係ありません」で通せますけど、あとがきはそうはいきません。ここで偏りすぎた主張なんかを口走ったら作家生命が終わりかねない。そんな緊張感を抱えながら、愛機のｍａｃの前に座っています。パソコンはｍａｃこそ至高。

そんなことはさておき、クセつよ二巻、読んでいただきありがとうございました！

前作主人公って良いですよね。ショウやドナはそういうポジションです。彼らには「最弱の俺が最強魔王をタイマンで打倒する～皇帝になりましたが面倒なので美人魔王を復活させて実験都市でスローライフを送ります～」という前日譚があったわけで、鍛えたステータスや積んだ経験をこちらの物語に持ち込んでいる訳です。だからいろんな意味で強い。

そういったキャラ設定を語りたいけれど設定語りだけでは小説になり得ないので、誰かのラブストーリーとともにお届けしました。実に楽しかったです。

また、機会がいただければこのシリーズの次の話も書きたいものですがこればかりは作者の意志だけでどうにかなるものではありません。

ただ言えることは五月雨きょうすけの作家活動には次があります。ここ一年くらいはクセつよのことばかりを考えて過ごしてきましたが、それ以外にも書きたいものが山ほどあって、どれを世に出すか考えているうちにまた新しく書きたいものが出てきて……みたいな状態です。
再び皆様の前に現れる時には「これが私の最高傑作！」と断言できる作品をお出ししたいと考えています。

さて、この二巻が発売される頃にはｓｏｒａｎｉ先生によるコミカライズ版クセつよの制作が発表されている頃かと思います。実力も実績もある漫画家先生だけあって、私の至らなかった部分を補正してくれたり、簡潔にまとめてくれたりして素晴らしいマンガに仕上がっています。そちらも是非ご覧ください。

最後に、今回も素晴らしいイラストを描いていただいた猫屋敷ぷしお先生。激務の中、本作に対するアドバイスや方向性のコントロールを行ってくださった電撃文庫編集部の田端様、小野寺様。第二十九回の電撃大賞で出会った作家仲間達。そして、このクセつよシリーズを楽しんでくださる読者の皆様にこの場を借りて感謝の言葉を申し上げます。

ありがとうございました！

◉五月雨きょうすけ著作リスト

「クセつよ異種族で行列ができる結婚相談所
～看板ネコ娘はカワイイだけじゃ務まらない～」（電撃文庫）
「クセつよ異種族で行列ができる結婚相談所2
～ダークエルフ先輩の寿退社とスキャンダル～」（同）

本書に対するご意見、ご感想をお寄せください。

ファンレターあて先
〒102-8177　東京都千代田区富士見 2-13-3
電撃文庫編集部
「五月雨きょうすけ先生」係
「猫屋敷ぷしお先生」係

本書は書き下ろしです。

電撃文庫

クセつよ異種族で行列ができる結婚相談所2
～ダークエルフ先輩の寿退社とスキャンダル～

五月雨きょうすけ

2023年8月10日　初版発行

発行者　山下直久
発行　株式会社KADOKAWA
〒102-8177　東京都千代田区富士見2-13-3
0570-002-301（ナビダイヤル）
装丁者　荻窪裕司（META＋MANIERA）
印刷　株式会社暁印刷
製本　株式会社暁印刷

●お問い合わせ
https://www.kadokawa.co.jp/（「お問い合わせ」へお進みください）
※内容によっては、お答えできない場合があります。
※サポートは日本国内のみとさせていただきます。
※ Japanese text only

※定価はカバーに表示してあります。

ISBN978-4-04-915068-1　C0193　Printed in Japan

電撃文庫　https://dengekibunko.jp/

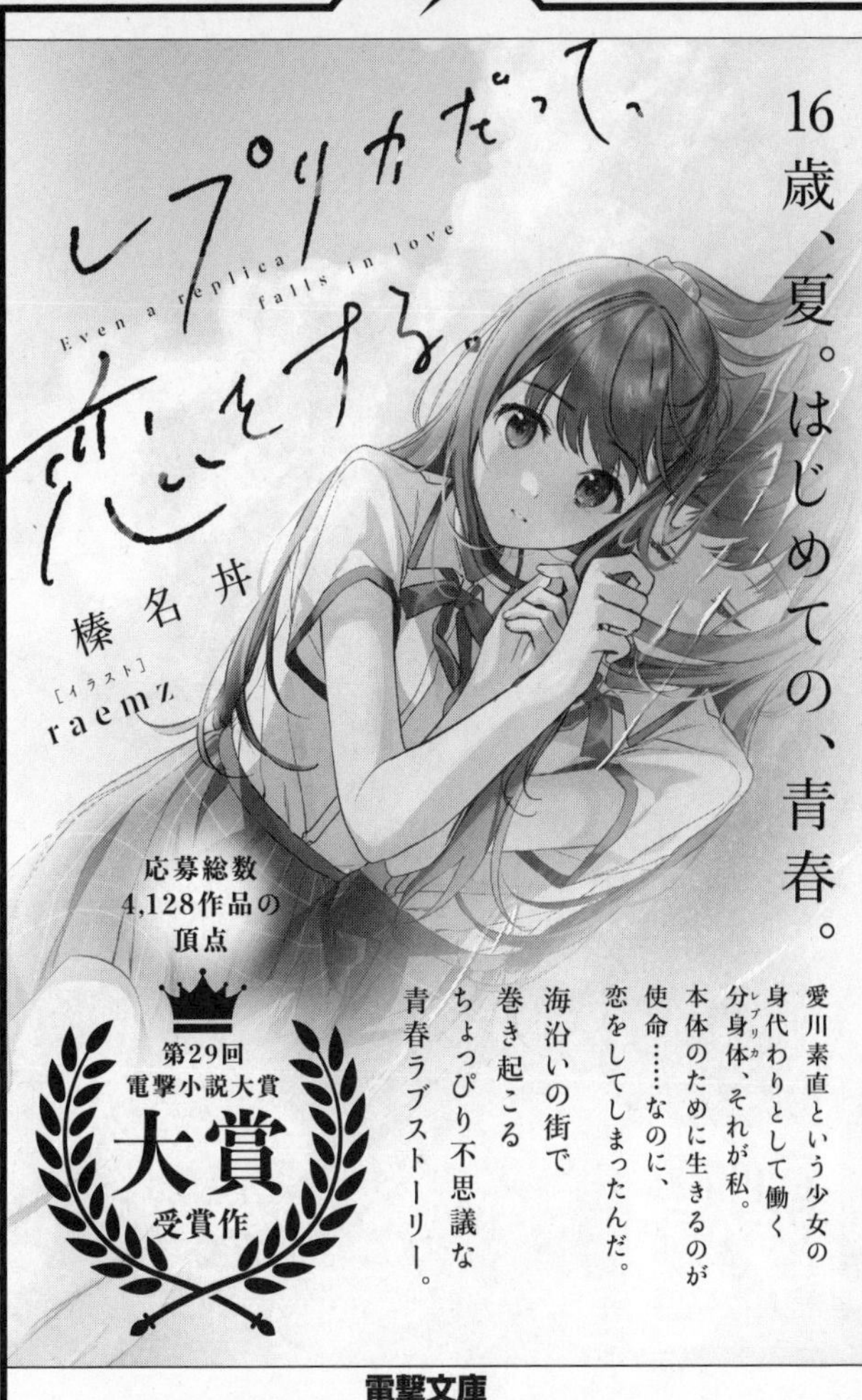
レプリカだって、恋をする。
Even a replica falls in love
榛名丼
［イラスト］
raemz
16歳、夏。はじめての、青春。
愛川素直という少女の
身代わりとして働く
分身体、それが私。
本体のために生きるのが
使命……なのに、
恋をしてしまったんだ。
海沿いの街で
巻き起こる
ちょっぴり不思議な
青春ラブストーリー。
応募総数
4,128作品の
頂点
第29回
電撃小説大賞
大賞
受賞作
電撃文庫

夢を諦めクソみたいな大人になっちまった俺の人生。
全ての原因は中学時代のアイツ、初恋の彼女、
安芸宮羽純のせいだ——なんて愚痴っていた俺は、
事故に遭いなぜか中学時代へとタイムリープしていた。

初恋の彼女への
告白を、もう一度——
タイムリープで
あの夏の青春をやり直す——！

青春2周目の俺がやり直す、ぼっちな彼女との陽キャな夏

Story by igarashi yusaku
Art by hanekoto

五十嵐雄策
イラスト
はねこと

当時は冴えないモブ男子だった俺だが、
あっという間に理想の青春をやり直すことに成功！
あとは安芸宮と過ごした『あの夏』の事件の
真相を暴き、変えるだけのはずだったのだが——。

電撃文庫

命短し恋せよ男女

余命1年でも恋がしたい!!!

［著］比嘉智康 Tomoyasu Higa

［イラスト］間明田 Mamyoda

恋に恋するぽんこつ娘に、毒舌クールを装う元カノ、
金持ちヘタレ御曹司とお人好し主人公――
命短い男女4人による前代未聞な
余命宣告から始まる多角関係ラブコメ！

電撃文庫

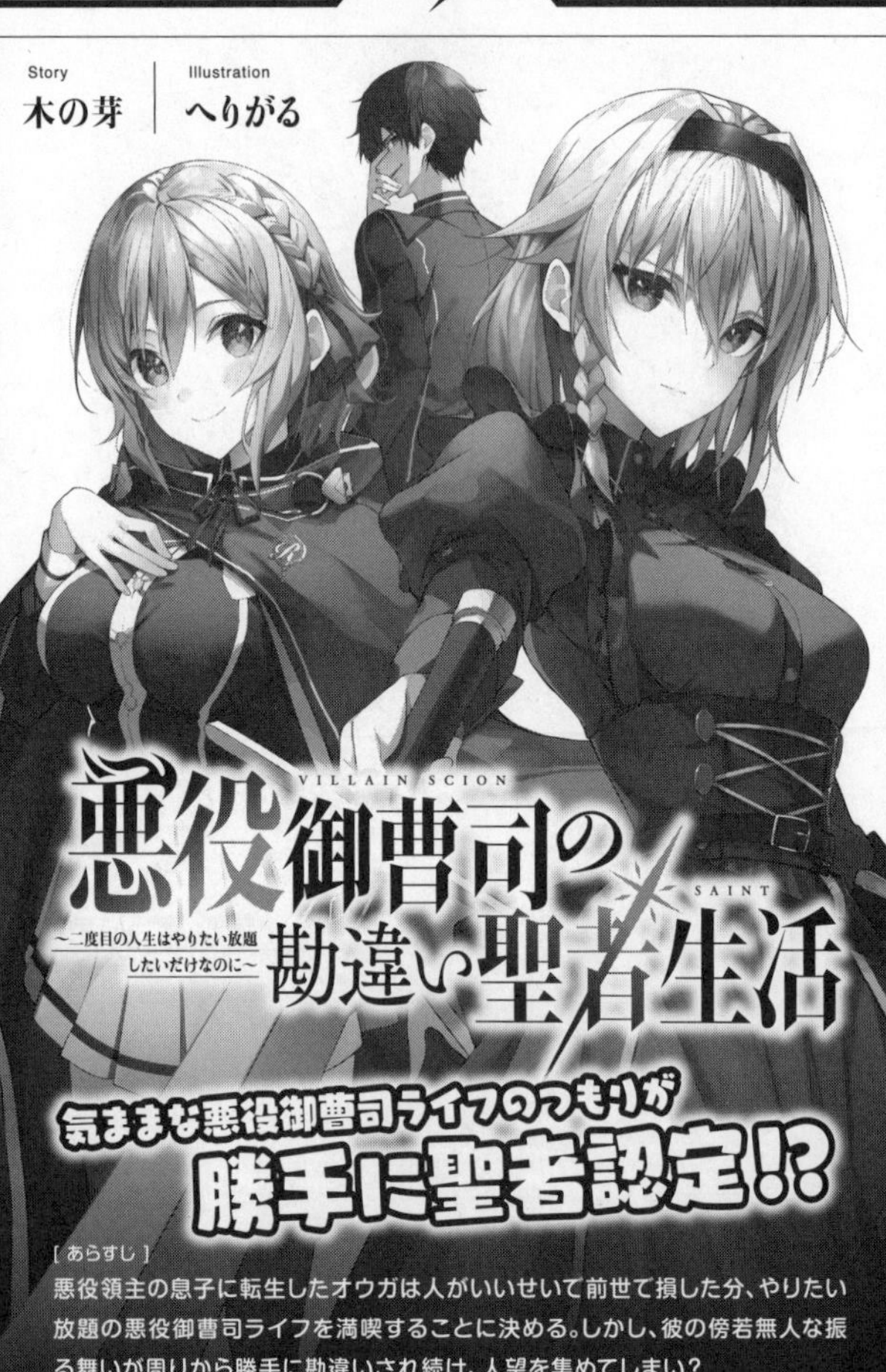
Story
木の芽
Illustration
へりがる
VILLAIN SCION
悪役御曹司の
SAINT
勘違い聖者生活
～二度目の人生はやりたい放題したいだけなのに～
気ままな悪役御曹司ライフのつもりが
勝手に聖者認定!?
[あらすじ]
悪役領主の息子に転生したオウガは人がいいせいで前世て損した分、やりたい放題の悪役御曹司ライフを満喫することに決める。しかし、彼の傍若無人な振る舞いが周りから勝手に勘違いされ続け、人望を集めてしまい?
電撃文庫

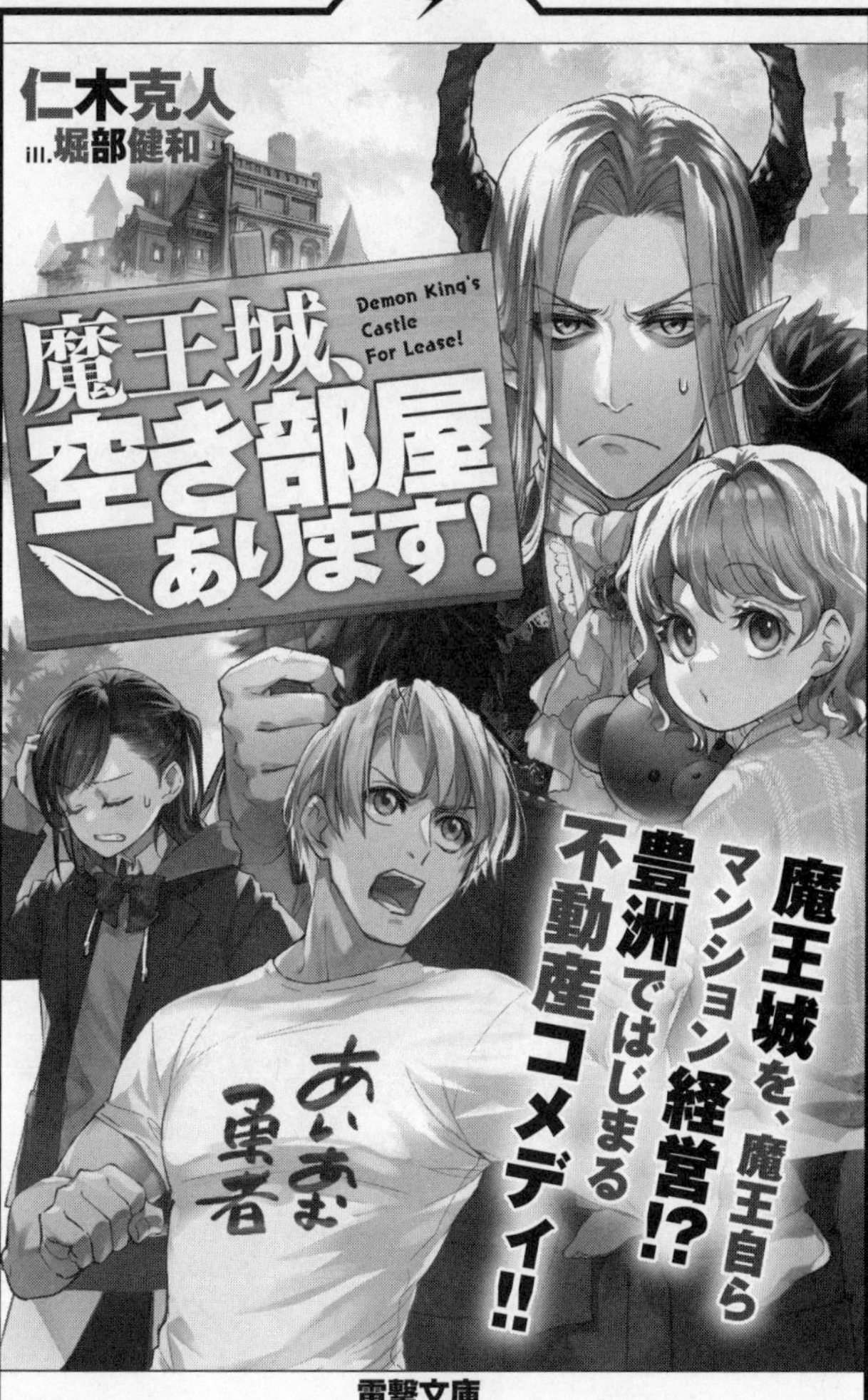
仁木克人
ill.堀部健和
魔王城、空き部屋あります！
Demon King's Castle For Lease!
あいあむ勇者
魔王城を、魔王自らマンション経営!?
豊洲ではじまる不動産コメディ!!
電撃文庫

七つの魔剣が支配する

宇野朴人
illustration ミユキルリア

運命の魔剣を巡る、
学園ファンタジー開幕！

春——。名門キンバリー魔法学校に、今年も新入生がやってくる。黒いローブを身に纏い、腰に白杖と杖剣を一振りずつ。胸には誇りと使命を秘めて。魔法使いの卵たちを迎えるのは、満開の桜と魔法生物のパレード。喧噪の中、周囲の新入生たちと交誼を結ぶオリバーは、一人に少女に目を留める。腰に日本刀を提げたサムライ少女、ナナオ。二人の、魔剣を巡る物語が、今始まる——。

フリーター魔王さまの庶民派ファンタジー！

世界征服間近だった魔王が、勇者に敗れて辿り着いた先は、異世界“東京”だった!?
六畳一間のアパートを仮の魔王城に、フリーターとして働く魔王の明日はどっちだ!!

電撃文庫